阅读，认识你自己

Lege, temet nosce

OWL 猫头鹰

森見登美彦

夜(や)行(こう)

〔日〕森见登美彦——————著　单元皓——————译

北京联合出版公司
Beijing United Publishing Co.,Ltd.

《夜行》刊行纪念辞

旅先の夜
追いついてくる
もう一人の自分

森見登美彦

※

旅途中的夜晚
追赶上来的
另一个自己。

——森见登美彦

说来十分惭愧，本书作为“森见文学十周年系列”的收尾之作，出版时早就已经不知道是第十几周年了。不过，我还是很高兴能看到本书被顺利送到诸位手上。执笔写作这事着实是一场看不见前路的夜行，其间我也曾数次不安地怀疑是否能顺利迎来曙光。那种在“无尽的夜”中徘徊游荡的感觉，正是我想与诸位读者分享的东西。本书并不是什么鸿篇巨著，书中所讲述的内容也不过是冰山一角，更多的故事仍隐藏在黑暗之中。至于真相究竟为何——就仰赖诸位读者调动想象力，自由畅想吧。

目录

CONTENTS

还是个学生时，我在英语口语培训班结识了些朋友。和那群人说好一起去看“鞍马火祭”[1]后，我便从东京回到了京都。时值十月下旬。

晌午前从东京出发，下午两点就抵达了京都。

我从京都站来到四条河原町交叉口，稍走几步，换乘市营巴士向出町柳站方向移动。巴士驶上贺茂大桥时，一只鹰正飞过秋日澄澈的天空。

[1] 鞍马火祭：位于日本京都市左京区鞍马的由岐神社的例行祭典之一，在每年10月22日晚举行。傍晚6时，各家屋前一齐点燃篝火，手持大大小小各式火把的人们高声宣布节庆时刻的到来，而后通宵沿街游行，以示对祭神的迎接。与今宫神社的“治病去灾节”、广隆寺的“牛祭”并称为“京都三大奇节”。

叡山电车[1]的入站口早已聚集了大量游客。会合时间还早得很。然而我刚倚上柱子，就听到人群另一侧有人喊："大桥君。"循着声音看过去，发现中井学长正挥手向我走来。

"真早啊。"

"您也是。"

"谁让我讨厌迟到呢。再说，我也想在大家到齐前先回培训班看看。"

"那个培训班还在？"

"还在呢。真是充满了回忆啊。"

从出町柳走向百万遍交叉点[2]的途中有条狭窄的岔路，转进去往深处走，能看到一栋木结构的独户小楼，培训班就在楼里。培训班有一位外教，几名学生，每节课大约六十分钟。它所处的地理位置决定了班上的学生大多是大学生或者研究员。我是大二开始去那里上课的，我的课和中井学长的在同一晚。当时他还在读研究生。

"我和我妻子是昨天就到了的。"

依中井学长的说法，他们昨夜在河原町的酒店住了一晚，中井太太今天一早去和京都的朋友游古寺，之后先一步回了东京。他们婚礼时邀请了我，我也去过他们在水道桥的公寓做客，所以见过几次他的妻子。

---

[1] 叡山电车：位于日本京都北部的两条电车线路的统称，两条线路始发站均为出町柳站，终点站分别为鞍马站和八濑比叡山口站。

[2] 百万遍交叉点：指京都左京区内今出川通与东大路通的交叉路口。由于位于这个交叉口东北角的寺庙"知恩寺"又被叫作"百万遍"，所以人们也将这个路口附近的区域统称"百万遍"。

我们站着边聊天边等其他人。

“聚一次真不容易啊。”中井学长低声说道。

“是啊，从那次算起都已经十年了……”

我说不好十年的岁月究竟算长还是短。到东京生活了一段时间后，京都的种种在我的感觉里似乎已经非常久远了。而真正回到京都，像这样和中井学长交谈，又让我觉得一切似乎只是弹指须臾。

“大桥君，谢谢你约我过来。没有这次机会的话，我恐怕永远都不会回到这里了。”

中井学长正低声说着，京阪电车地下通道出口处就出现了武田君的身影。武田君在我们之中年纪最小，我认识他时，他还在念大一。发现我们后他一路小跑过来，微笑着说道：

“呦，学长们，好久不见。”

○

在英语口语培训班时，中井学长是我们这些人的中心。他很会照顾人，还常带各种各样的人来一起吃饭。我之所以能认识其他班的人，全是托中井学长的福。十年前的秋天，还是学生的我们也曾乘叡山电车去看过一次鞍马火祭。当时的一行六人，就是以中井学长为中心集结起来的。

就在武田君加入我们关于各自近况的谈话后不久，藤村也到了。她和武田同岁，是本次鞍马之行中唯一的女性。看到我们后，她笑了出来：

“怎么一点儿阔别已久的感觉都没有呢？”

“你只是感觉不出来罢了，”武田君说，“我可是变了好多，可以说是真正长大成人了。”

“真的么？”

“都在我的举手投足里了，好好体会吧。”

“好了，各位，”中井学长开口说道，“我们先去贵船[1]的旅店吧。”

此行最年长的田边先生因为工作上的事要晚到一些，所以我们先行进站坐上了叡山电车。

叡山电车穿过市区向北驶去。

在我还是个学生时，叡山电车对我来说就是浪漫的代名词。它在落日余晖笼罩下的街市中飞驰的身影，仿佛驶向奇幻王国的列车。偶尔乘坐一次，都会给我一种踏上了漫长旅途的感觉。我边思考这些边看向窗外，一旁站着的藤村跟我搭起话。

“大桥，谢谢你请我来。”

“幸好你没换号码。”

“回东京后，来我们画廊看看吧。离你工作的地方很近吧？”

“可我对买画没什么兴趣。”

“有什么关系，权当来玩儿嘛。”

说罢， 她也看着窗外陷入了沉默。或许同样是在回想学生时代的事吧。

不久她再次开口。

---

[1] 贵船：位于日本京都左京区，南面紧邻鞍马。是京都的避暑胜地和赏红叶景点。

“怎么想起约大家一起来这里的？”

“嗯……怎么说呢？”

“有什么缘由吗？”

“也没什么特别的理由，只是觉得，事到如今应该没关系了吧？”

“嗯……也是，我也这么觉得。”

藤村点了下头，依旧看着窗外。

十年前的夜晚，我曾和相识于英语口语培训班的朋友一行六人去看过一次鞍马火祭。那晚，其中一个同伴消失了。

翻看一下当时的报纸，能找到些许对此事的记载，但也全是些无关紧要的信息。相关人员的努力全都一无所获，连一丝一毫的线索都没有找到。她就像被虚空吞没了一样，消失得无影无踪。失踪时，长谷川和我一样都是大二的学生。

我之所以把大家找来，是不是因为长谷川在冥冥之中如此托付过我呢？我突然产生了这种想法。列车渐渐驶入深山，窗外铁路沿线的杉树林投下阴影，而十年前消失的长谷川，似乎就站在那片阴影中。

这时，我想起了先前参观画廊的情景。

○

抵达京都时虽已是午后，但距集合还有些时间，我便去了四条商业街。

由于正赶上周末，又秋高气爽，再加上明天还有时代祭[1]，所以街上满是游客，其中有许多都是外国面孔。为了避开大路上混杂的人潮，我转进小路，沿高仓通[2]向北走。抬头看向被两侧高楼勾勒出的一线晴空，那秋日的澄澈感和学生时代看到的天空别无二致，令我十分怀念。

走着走着，突然一位女子从眼前走过，吸引了我的注意力。她身上散发着超然的气息，背挺得笔直，黑发在秋日的阳光下映射出光芒。我总觉得仿佛在某天、某条遥远的街道上见到过这样的背影。

就在我疑惑为什么会产生如此怀念的感觉时，她转进了高仓通一侧的一家店。那一晃而过的侧脸，和长谷川十分相像。

“绝不可能是她。”

我虽这么想，却仍难耐心中的悸动，快步跟了上去。

那是间入口狭窄的画廊，铜质招牌上写着“柳画廊”三个字。橱窗里有块画板，包着古铜色的画布，写着“岸田道生个展”。画板旁展示着一幅铜版画。那幅画莫名地吸引着我。漆黑的夜幕下，一辆明亮的列车从树林前驶过。近景处站着一位女子，像打招呼一般朝列车挥动右手。由于她是背朝画外，所以看不到她的长相。画的标题处，写着“夜行——鞍马”。

我推开玻璃门走入画廊。

狭长的画廊里光线昏暗，空气中浮动着淡淡的香熏味道。散

---

[1] 时代祭：京都三大祭之一，于10月22日举办，意在纪念桓武天皇从旧都长冈京迁都至平安京（京都的古称）。

[2] 通：即路、街、道之意。“某某通”为日语标准路名写法，为还原日语特色，特此保留。

挂在乳白色墙壁上的铜版画无一不是色调昏暗，仿佛白色墙壁上开凿出的一扇扇方形窗户，连接着另一侧漫无止境的夜的世界。颇有厚度的玻璃窗将街上的嘈杂远远地隔离在外，画廊之中有如另一个世界般静谧。

但画廊中却丝毫看不到之前走进来的那位女子的身影。

在我陷入困惑的时候，一位身材壮硕的男性从画廊深处的屏风后走了出来，应该是这间画廊的主人，年龄大概三十过半。

“欢迎光临。”

“刚才，是不是有个女人进来了？”

画廊主人一脸诧异。

“……没有。”

一定是看错了，我想。

一定是相隔十年再次参加鞍马火祭的紧张感，使我看到了并不存在的幻影。从某种意义上来说，我正是想给这件事做个了断，才召集大家展开这次鞍马之旅的。然而，似乎就连我自己都更愿意相信长谷川仍活在这世界的某个地方。

就这么出去的话难免有些不好意思，距离集合也还有些时间，我决定看一看这些铜版画。年轻的画廊主人在一旁以沉稳的语调向我介绍了美柔汀[1]这种制作铜版画的手法，以及岸田道生这位铜版画家。

岸田道生从东京某艺术大学退学后，到英国拜了一位铜版

---

[1] 美柔汀：铜版画的一种制版方法，英文 Mezzotint 的音译。美柔汀具有自然的色调变化效果，常被用作复制油画和肖像画。这种方法不使用酸腐蚀和雕刀镌刻，而是依靠一种特制的摇点刀，把版面做成密密的毛点，再用刮刀和压刀调整网点的疏密关系。网点密集的地方吸墨较多，颜色深；网点稀疏的地方吸墨较少，颜色浅。

画家为师学习铜版画。归国后，他回到故乡京都开了一家画室。我在京都上学的时候，岸田也在京都生活。直到七年前的春天，岸田过世，他留下的作品便交由这间他生前有过交情的柳画廊管理。

“这些是系列作品，叫作《夜行》，全系列一共四十八幅。”

天鹅绒般质感的黑色背景上，仅用不同浓淡的白色描绘出的风景仿佛永无止境的夜。每幅作品中都有一位女性。她们脸上没有五官，像一个个洁白光滑的人偶一般，微倾着脑袋。《尾道》《伊势》《野边山》《奈良》《会津》《奥飞驒》《松本》《长崎》《津轻》《天龙峡》[1]……看着这一幅幅画，我产生了一种不可思议的错觉，仿佛画中的那个夜晚，正在无尽地扩大、延伸。

“为什么叫《夜行》呢？”

听到我的自言自语，画廊主人微笑着歪了下头。

“是‘夜行列车’的‘夜行’吧，或者，是‘百鬼夜行’的‘夜行’也说不准。”

○

我们当晚入住的，是绵延在贵船川两岸的众多旅店中的一家，从叡山电车的贵船口站出发，要坐旅店的接驳车走十分钟的山道。两间被障子隔出来的房间能清楚地听到贵船川的水声，榻榻米散发着令人怀念的清香。鞍马的喧嚣被隔在山的另一侧，旅店的周

---

[1] 此处画名皆为日本地名。

围一片静谧。

我们利用等田边先生抵达的这段时间洗了澡。屋外滴滴答答，像是雨声，武田君倚在窗边看向天空。

“鞍马火祭应该不会因为下雨延期吧？”

“应该不至于。”躺在榻榻米上的中井学长笑着说。

“我觉得那些火把就算下雨也能点着。”

这时，楼梯上传来了“咚咚”的脚步声。“抱歉抱歉。”一脸胡茬儿的田边先生边说边走进了房间，接着站在原地俯视我们说：

“你们也太放松了吧，到底是不是来参加祭典的啊？”

一行五人终于到齐了。在大家围坐起来准备吃猪肉火锅时，原本就不小的雨势又加大了几分。敲打着屋檐的雨声与溪流的声音融为一体，将旅店包覆其中。山中的冷气透过玻璃窗渗入屋内。

“下得真大啊。”

窗上蒙了一层水汽，我侧耳听起窗外的声音。

围绕着温暖的火锅，我们的宴会热闹非常。我在东京虽然能见到中井学长，但和其他朋友则确确实实是分别数年了。如今大家各自做着不同的工作，过着不同的生活。在谈论彼此的种种时，我们每个人都在极力避免着触及长谷川的话题。那第六位伙伴似乎早已被我们抛在脑后了。

就在漫不经心地听着窗外的雨声时，那个走入画廊的女子的侧脸再次浮现在我脑中。那时我的确认为那就是长谷川，可现在再一回想，那张脸的轮廓却又变得朦胧起来。

“大桥君，你话好少啊。”

坐在火锅另一侧的中井学长说道。

“表情怎么这么吓人？”

“白天，我好像看见长谷川了……”

听到我下意识吐露的低语，大家瞬间陷入了沉默。

“肯定是看错了。”我急忙补充说。因为追进画廊后连她的影子都没看到。

为了缓和凝固的气氛，我讲了在那间画廊看到的奇妙的铜版画。“是个叫岸田道生的人的作品。”我刚说到这里，田边先生猛地抬起了头。

“你去了那间画廊吗，柳画廊？”

“嗯，是叫这个名字。”

“我也去了，看来正好和你错开了。”

“田边先生也会去画廊之类的吗？”

“还好吧，偶尔而已。”

说完这句，田边先生再也没开口。

田边先生的含糊其词让我很在意。再看向武田君和藤村，岸田道生这个名字似乎也勾起了他们的某种思绪。

但率先就此开口的却是中井学长。

“我也看到过那个人的画。去尾道时，那里酒店的大堂就挂着他的画。”

“尾道吗？”

“你去过吗？在广岛。”

“为什么去尾道？去玩儿吗？”

藤村问罢，中井学长露出苦笑。

“那就说来话长了……”

于是中井学长讲起他在尾道的回忆。听他讲述的这段时间里，山里的夜雨仍下个不停。

第一夜　尾道

"去尾道是五年前的事。那是个五月中旬的周末，空气中弥漫着初夏的味道。"

以此为开头，中井学长开始了他的讲述。

正如前面所说，我在口语培训班上见到中井学长时，他已经在读研究生了。后来，即便我离开京都、和其他朋友不再联系，也一直没有断了和中井学长的联络。他还曾多次请我到他位于水道桥的公寓，吃他夫人做的晚餐。

"至于为什么要特地跑去尾道，是为了带回'变身'了的妻子。"

由此开始是中井学长的话。

○

事件的开端，要追溯到我去尾道的两周前。

下班回到家时，我发现屋里灯灭着，从玄关通往客厅的走廊俨然一条漆黑的隧道。我心里一阵躁乱。妻子才离职不久，大多数时间都待在家里，晚上她如果出门会预先告知，现在客厅里也没有便条一类的东西。

我试着给她打了电话，却也一直不接。

“不会是出什么意外了吧。”

就在我忧心忡忡地等待接听时，电话另一端终于传来了一声轻轻的“喂”。妻子的声音虽然让我松了口气，但她接下来的一句“我现在在尾道”又让我瞬间绷紧了神经。“下午离开的东京，现在正在尾道的旅店休息。”妻子惜字如金地向我解释道。

“我准备在这边待待上一阵。”

听到这句话，我蓦然失语。

“为什么是尾道？”

面对我的问题，电话另一端的妻子始终沉默不语。将电话贴近耳朵，能听到另一端传来“滴答滴答”的声音，仿佛某个洗手间正在滴水。

我突然怒火中烧。

“我也是要承担做丈夫的责任的。知不知道这样说都不说一声就突然离家出走会给我带来多大麻烦？要是岳父岳母问起来了，叫我该怎么说？”

我说完这些，妻子叹了一口气。

“你的责任，跟我有什么关系吗？”

说罢她挂了电话。

我陷入了短暂的茫然，同时也产生了一种“果然不出所料”的感觉。实际上打从四月中旬，我就觉得妻子的态度有些异样。

具体的我也说不好，但她时常会毫无缘由地摆出一副冰冷的表情，看上去心不在焉，跟她搭话也只会得到敷衍的回应。只有我默默等上一段时间，她才会像突然回了神似的变回平常的样子。要是问她“是不是我说了什么让你不高兴的话”，她会露出惊讶的表情，似乎不知道我在说什么。至于她是真的没意识到自己的异样，还是在试图向我隐瞒，就不得而知了。

总之，妻子那种冰冷的表情让我十分不适。我甚至觉得那个瞬间坐在那里的不是妻子，而是另一个人。问她是不是身体不舒服，她也只会回答“没事”。但我始终认为她那冰冷的表情之下一定有某种原因。

“要是对我有什么不满的话，可以直接告诉我吗？”

面对这样的询问，妻子依然一副莫名其妙的样子。

“你所谓的异样感，也可能是你自己的问题吧？”

“不可能。”

“你凭什么这么肯定呢？”

妻子归咎于我，我又归咎于她。随着争执不断持续，妻子干脆把自己封闭了起来。明明知道有问题，却说不出问题究竟在哪，我愈发焦躁。

这就是到妻子离家出走为止的事态发展。

起初我也很生气，也想过“随她去吧”。但随着妻子离家的时间越来越久，我也冷静了下来，开始反思自己的行为。冷静地反思，使我渐渐觉得妻子的话也有一定道理。我为什么要那么过激地去逼问妻子呢？我是不是在其他时候也常把自己的气急败坏发泄到妻子身上呢？

之后的两周，我一直和妻子保持着电话联系。

妻子言语间的温柔似乎恢复了几分。

“来尾道后我每晚都睡得很好。”妻子说，“我来这里，对我们两个来说都是件好事吧。”

“嗯。”

“你也好好休息一下吧，这段时间你一直有点奇怪。其实，我觉得你也应该出来走走。”

“你打算在那里待多久？”

“不知道……我不是很想这么快就决定。”

据妻子说，她正借住在一间建于高地上的古宅中，帮某位女性朋友打理杂货店。从妻子位于二楼的寝室看出去，能将尾道的街市与濑户内海的岛屿一并收入眼底。

“你是在哪儿认识那个人的？”

面对我的问题，妻子含糊其词。这点难免令我不安。因为我从没听说过她在尾道有什么朋友。

“担心的话，来看看怎么样？”

“可以吗……”

“反正你还没来过尾道吧？”

“也是。”

那时，我下意识地说了谎。

○

尾道是广岛县的一个城市，毗邻濑户内海。

出站穿过站前广场，就是一片光斑耀眼的海面。对岸的向岛上耸立着造船厂的起重机，船只在海上交错穿行。我生长在一个远离大海的小镇，所以在看到海时真的有一种来到远方的感觉。

看了一会儿海，我跨过山阳本线[1]的铁轨前往山上的街市。

妻子借住的杂货店应该是叫“海风商会”，但搜索这个名字只能查到一个简陋的主页，上面的内容也在很久之前就停止了更新，令人很难相信它至今仍在营业。不过我还是打印了一张它的地图带过来。

纵横交错的坡道中早已弥漫起夏天的味道。

尾道是个很神奇的城市。从岸边仰视时会以为它只是个很小的镇子，但每翻过一个坡都会有下一个坡等着，各种岔路更是纷繁复杂，走得越深，就越有一种渐渐迷失在其中的感觉。民宅间的后巷、长草的石阶、古旧的雨水管，在这些景致的衬托下，一旁张贴的众议院选举海报显得异常鲜艳。

“尾道原本是这样的吗？”我想。

[1] 山阳本线：由神户站通往北九州的门司站，途经濑户内海沿岸各主要城市的铁道线路。作为东海道本线的延伸，与东海道本线共同扮演日本本州铁道大动脉的角色。也被称为“东海道·山阳本线”或“山阳线”。

我对妻子说了谎，其实我来过一次尾道。

那是读研时的一个暑假，我回到九州老家探亲，返校途中在尾道下车闲逛了半日。当时盂兰盆节[1]刚过，尾道酷暑难耐，阳光炙烤着绵延的坡道，就连海风都是热的，拂动着千光寺内的林木。一切仿佛白昼中的梦境。那个八月的午后没在我的记忆中留下任何真实感，此次再访尾道，我也神奇地没有感到一丝亲切。

不知道是地图不准还是自己路痴，我好像走错了路，兜了很大一圈。

走了二十多分钟后，我总算找到地图上标注的坡道。从墓地一侧转入通往高地的急坡，路右侧是连绵的杂木林，左侧的一排民宅就像一级级阶梯。走在这条看不见尽头的坡道上，我心生厌烦。

这时，我撞见了一个奇异的男子。

他从坡上以迅猛的势头向下飞奔，见快要同我撞个满怀，吓得以几近仰倒的姿势停了下来。一脸阳光的他整齐地穿着酒店员工一样的制服，有一双大眼睛，脸像刚洗过似的泛着水光。我致意后从他身边走过，他依旧朝向前方，侧对着我小声说了句“对不起”。我猛然间嗅到了一股令人嫌恶的气息。

擦身而过后我回过头，看到男子再次向坡下冲去，就像是在追赶着什么，或是逃离着什么。不知为何，我开始在意起他那稍

---

[1] 盂兰盆节：祭奠先祖的日子。日本的盂兰盆节为佛教与日本的祖灵信仰融合而来的产物。原与中元节同在每年阴历七月十五日举行，实行新历后，日本大部分地区改为阳历八月十五日举行，少数地区在阳历七月十五日或阴历七月十五日举行。

显悲凉的背影，于是在坡道上站定，目送他远去，之后才再次向坡上走去。

总算抵达杂货店后，我却发现那里已是一派荒废。

这座独栋小楼屋顶铺着青瓦，毛玻璃推拉门的一旁摆着刻有“海风商会”的木招牌，但毫无人居住的痕迹。碎落的瓦片散布在地上，玄关前摆的一排盆栽像沙漠一样干涸。“嘎吱嘎吱”地推开拉门，一股黄沙的味道从屋内飘出。借助幽暗的光线虽能看到走廊和楼梯，但与其说这里是人类的住居，不如说是一座山洞。从某个似乎很遥远的地方，传来水滴滴入水池的声音。妻子真的就住在这种地方吗？

“不好意思。”我战战兢兢地试探道。

这句话就像一颗沉入了深井中的小石子。

“有人在吗？”

说完我侧耳细听，突然从楼梯上的阴影中降下一声冰冷的“在”。踩着“咚咚”的脚步声，一双细白赤裸的脚走下陈旧的木质楼梯，那张熟悉的白皙面孔也随之再次出现在我面前，站在那里的妻子穿着我从未见过的白色夏装。

“嗨，好久不见。找到你真是费了不少力气。”我突然害羞起来，小声如是说道。

然而对方却一脸疑惑。

“怎么了？”我问。

“您……是哪位？”

说着，她歪了下头以示不解。

○

我们在玄关前短暂地交谈了一会儿，她似乎的确不是我妻子。

但即便说是偶然，她俩也实在太像了，我甚至怀疑她们是不是有某种血缘关系。

但这位女子则表示“完全不知道”我妻子的事。不仅如此，这间杂货店也早就停业了。

“半年多以前就关门了。”她说道。

这句话使我陷入了彻底的混乱。

“我，真的那么像您妻子吗？”

她露出微笑，似乎一点都不怀疑我说的话。

据她说，这家名叫海风商会的杂货店是她开来售卖自己手工制品的。她丈夫在车站前的商务酒店上班，因为想利用丈夫上班的时间做些什么来补贴家用，她便开了这家店，只是不怎么会有客人上门。听到这里，我想起了刚才在坡道上遇见的男子。

不过，这一切和我从妻子那里听到的完全不同。但眼前的这位女子又说：“可这里也没有其他同名的店了。”我试着给妻子打电话，她好像没有开机。

“您夫人来过我们店吗？”

“我也说不好。”

“真是奇怪。”

“打扰了，不好意思。”

我正准备起身离开，她“啊”的一声像是想起了什么。

“难得来一次，要不要看看我这里的商品？记得还剩了一些。”

说着，她轻柔地拉住了我的手臂。

“来，进来吧。里面有点儿乱，请别介意。”

这爽朗的语气也像极了我妻子。我拗不过她，转眼间就被带进了屋内。

穿着拖鞋走过昏暗的走廊就到了饭厅。这个十叠[1]大小的房间中放着柜橱和电视，朝向庭院一侧的檐廊敞开着门户，在整栋房屋都如沉入水下般阴暗的同时，只有这里像浅滩一样透着光亮。因为房屋建在高地上，视线越过盛开的杜鹃花丛，就能将尾道的市镇与大海一览无余。

“不好意思，都没有收拾。”

她虽这么小声说着，却似乎并不在意。

“您出了好多汗啊！我这就拿喝的过来。”

我坐在榻榻米上，喝起她拿来的温吞的麦茶。

“第一次来尾道吗？”

“嗯，是的。”

不知为何，我又一次说了谎。

她不知从哪里拿出一个纸箱，把里面的东西摆了几个在我面前。编成花朵形状的杯垫、手提袋等，就像假日的跳蚤市场上卖的东西一样，全是些质朴的物件，上面带着褪了色的小价签。

“真可爱。”我说。

---

[1] 叠：榻榻米的计量单位，亦为日本常用的房间面积单位。一叠即一张榻榻米的大小，长 1820mm，宽 910mm，面积 1.6562 m^2。

“给您夫人买一个怎么样？”她窥探着我的表情说道。

她真的太像我妻子了。不论是倒麦茶时紧缩的眉头，还是窥探我表情时向上偷瞥的眼神，都和妻子别无二致。简直有种和妻子一起来到尾道，潜入古宅扮家家酒取乐的感觉。我想，自己总不至于两周不见就忘记妻子的模样吧。莫非她真的就是我妻子？妻子不会是假装成别人在试探我吧。这些想法一度占据了我的大脑。

但我什么都没说，只是听她的推荐买了一枚小巧的胸针。

“呀，零钱不够找了。”

“没事啦。”我摆了摆手。

“不好意思啦。”她用撒娇般的口吻说道。

之后我们聊了一会儿家常。

“这栋房子很有年代感呢。”

听我这么说，她环视了一下房间。

“多亏这样，租金也很便宜。”

她说，这栋房子原本是一对老夫妇在住。

老爷子死后，房东奶奶搬回了向岛和女儿女婿一起住，这栋房子便租了出来。老奶奶现今仍精神矍铄，常从向岛坐船回来看这栋房子。喝茶聊起天，她说的总是房东孙女的事。当初老奶奶住在这里时，她那在向岛读高中的孙女常来这里玩，这一定给她留下了很难忘记的回忆吧。

“每次说的都是一样的事，简直就像时间停止了。”

“人上了年纪都会变成那样呢。”

“就连我自己的时间都快要停住了。”

突然，她将耳朵侧向檐廊做出倾听的动作。

“啊，听到了。”

“听到什么了？”

“列车开过的声音。”

确实如她所说，远方正传来微弱的列车行驶的声音。

“到了晚上关掉二楼的灯，打开窗户，能看到一列微弱的光芒沿着海边驶去，非常漂亮。不过有时驶过的是漆黑的货运列车……那就有些恐怖了。”

“从这里看出去，能看到很美的夜景吧。”

听到这句话，她像是要吐露什么秘密一样压低了声音。

“其实，我几乎一直都闷在二楼。”

“为什么？”

“私自出门，会惹我丈夫生气的。就算只从二楼下到一楼，他都会摆出一副臭脸。杂货店也是因此才关掉的……每次觉得丈夫该要下班回家了，我就躲到二楼，屏住呼吸。”

起初我以为她是在开玩笑，但她的表情相当严肃。这些话的确有些诡异。我难以平复听后的心情，但仍沉默着。这时，不知从哪里传来了奇妙的声响。是咕咚咕咚的水声，就像某个人在漱口。

“你听没听到什么奇怪的声音？”

“奇怪的声音？”

她猛地跪立起来，盯着庭院里的杜鹃，脸上是面具一样的表情。看到她的表情，我心生厌恶。那副冰冷的表情，和今年四月以来妻子所展现出的、令我莫名烦躁的表情如出一辙。

“失陪一下。”

她嘟囔着站了起来，径直走出房间。不一会儿，通往二楼的楼梯上传来被人踩踏的吱呀声，落脚之沉重仿佛正有一只怪物走过。我正侧耳听着，声音忽然中断了，自那以后再没传来任何声响。

我看着庭院里的杜鹃打发时间。

然而，等了很久她都没有回来。

十五分钟过去，我等倦了，便拿起盛着水杯的托盘走到厨房。四人餐桌上铺着邋遢的桌布，上面一大块棕色的污渍完全没有清理过的痕迹。从天花板上垂下的吊灯灯罩上也满是灰尘。尽管外面脏成这样，墙边的餐柜里却塞满了餐具。餐柜旁摆着一部很有年代感的黑色座机电话。准备洗杯子时我才发现，水槽早已覆满了尘土和红色的锈迹，摸上去干燥又粗糙。拧开水龙头，却一滴水都没有出来。我骤然一惊。

“不可能有人住在这种地方。”

我蹑手蹑脚地穿过走廊来到玄关。

通向二楼的楼梯向右弯折，墙壁的纹理在昏暗的光线下若隐若现。我朝二楼打了招呼，可没人应答，仿佛我面对的是一个无底深渊。她在二层做什么呢？或者说，她真的存在吗？如此的安静，难道不是意味着这栋房子里最开始就只有我一个人吗？

这时，我清楚地从这栋房子中嗅到了某种腐臭的味道。

○

我逃也似的奔出那栋房子，来到坡道上。

沿坡道向上走了一阵，我回过头看向那栋房子的青瓦屋顶。屋顶的一部分已经崩塌，仿佛蚁狮[1]的巢穴一般向下凹陷。位于凹陷中心的那个漆黑的洞穴令我毛骨悚然。我从没看到过那样的东西。我再次迈开步子，绝不再回头看一眼。时间已是下午四点半了。

坡道的尽头是千光寺公园。

园内开着杜鹃花，刮过的风摇动树木的油绿的叶子。天空被夕阳浸染，眼前是设计前卫的市立美术馆和餐厅。来到这里后看到的游客也多了，有种总算回到了现实的感觉。

我走进那间高地上的餐厅点了杯咖啡。

我又试着给妻子打了个电话，但她依然没有开机。真是莫名其妙。为什么偏偏要在我来找她的这个周末关机呢？是没有心情和我说话吗？可明明就是她叫我来的。她现在会在哪里呢？如今电话也打不通，我束手无策。

“对了，那个夏天也是这样。”

我回想起了五年前的事。那个夏天我造访尾道时，也曾和现在一样在餐厅中边喝咖啡，边等一个联络不上的人。

那个人就是长谷川。

暑假前，在一次培训班下课后的闲聊中她提到，她的家在向岛，祖父母住在尾道。“从向岛的港口看过去，尾道就像一座神秘岛。”“尾道的旧城区和迷宫一样错综复杂。”她对尾道的介绍勾起了我的兴趣，我由此决定从九州回京都的时候，在尾道下车

---

[1] 蚁狮：蚁蛉的幼虫，日文别称为“蚁地狱（アリジゴク）”。蚁狮会在沙地上制造漏斗状的陷阱以捕食其他昆虫。

看看。一问，她正好也准备在盂兰盆节前后回家。

“有机会的话，一起喝个茶吧？”我邀约道。

“好呀。”她爽快地答应了。

从九州启程那天的早上我给她打了电话，两人相约在千光寺公园的餐厅见面。可在我抵达尾道，找到那家店后，却怎么也等不见长谷川的影子，打电话也没人接。事后问起来，她说是出门时把手机忘在了家里，而后一直在祖父母家帮忙，想起时才发现已经错过了约定的时间。完全不像是长谷川会犯的错误。

迟到了三十分钟才现身的长谷川带着一脸的歉意。顶着烈日赶过来的她就像刚干完农活一样，脖子上满是汗水。有气无力地用手巾擦着汗的长谷川，全然没有了每周上培训班的夜晚展现出的那份可靠。“真对不起。”她不断地道着歉。这种莫名的新鲜感令我反而有些高兴。

“没事，没事啦。反正我今天很闲。”

“我为什么这么笨呢？”

“是因为回到从小生活的地方所以放松过头了吧？这很正常啦。”

“但是，还是很对不起。我会反省的。”

说着，她像个小女孩一样露出了笑容。

我们在餐厅里聊了一会儿后，决定到千光寺公园里走一走。从园内可以俯视尾道全境，满载着游客的缆车来来往往。眼前浓绿的树林中传出阵阵蝉声。

长谷川坐到钟楼一侧的长椅上，“有点儿伤感呢”，她说，语调中带着些许娇弱。可能是回到了故乡的缘故，在令人恍惚的酷暑下，长谷川显得比在京都时更柔婉了一些。

“你家是在向岛来着吧？”

听我这么问，她抬起纤细的手臂指向一座岛。

“就在那边，可以坐船过去。”

“在岛上的哪里？”

“一处普通的住宅区啦。”

我们坐在长椅上看了一会儿海，之后缓缓地走下了千光寺前那条绵长的坡道。长谷川把我送到了尾道站的进站口。“九月再见。”她说。在驶向京都的列车中，我的脑海里不断浮现出她站在进站口外的模样。

那是长谷川失踪前两个月的事。

她的消失使我一蹶不振。不过更让我难以接受的，是我完全不知道那个夜晚在鞍马到底发生了什么。这种感觉太煎熬了，所以我一直在努力忘记关于她的一切，不论是那个夜晚的鞍马，还是更早时的尾道。

如今五年的时光过去，像这样再访尾道、回忆长谷川的种种，让我产生了一种不祥的感觉。本身她和我的妻子就有些相似的地方。如果说五年前吞噬掉长谷川的那个洞穴至今仍存在的话，妻子是不是也被它吸了进去呢……

我慌忙打消了这些胡思乱想。

“真幼稚。”

想到这里，我结账走出了餐厅。

我沿着那条直通千光寺山门的坡道向下走去。这是我曾和长谷川一起走过的路。沿着路旁防止跌落的栏杆竖着的幡正随风飘动。青红相间的底色上拔染[1]有“南无千手观世音菩萨”九个字。眼下尾道的街市一览无余，民宅与寺庙错落有致，屋檐的间隙中填满了草木的鲜绿。暮色渐浓，阳光落下将濑户内海照得银亮，远处岛影朦胧。

看着眼前的景色，我产生了一种恍若梦境的感觉。

○

最终我坐缆车下了山。

我穿过长长的商店街，前往预定的酒店。在联系上妻子前我准备一直待在那里。

酒店建在一条和山阳本线平行的街道上，一排小酒屋和小餐馆把它挤在街角。这座阴森的商务酒店背朝铁路，货运列车通过的声音从这里听起来显得格外悠长。

酒店大堂空荡荡的，前台也不见人影。

柜台前有一个推车，里面堆着鱼板、干货和其他的当地特产。其中有一些手工的杂货，在它们褪了色的小价签上写着“海风商会”的字样。见叫了好几次都没有员工出现，我放弃了尝试，坐到大堂的沙发上。

沙发一侧摆着一盆观赏植物，但叶片几乎全都低垂发黑，反而让大堂显得更加死气沉沉。大堂墙上挂的几幅风景画也是如此，它们无一不是色调昏暗，其中一幅更是像在墙上开了一个黑

---

[1] 拔染：一种印花方式。先给布料染上底色，再用去色剂在底色上作画。去色剂融掉底色，便会显露出白色的花纹。

色的洞。

我从沙发上站起来，走近那幅画。

看上去像是幅铜版画。画下方的白色铭牌上用马克笔写着“夜行——尾道”这个标题，以及作者名“岸田道生”。天鹅绒般质感的黑色背景上，是仅用或浓或淡的白色描绘出的景象。一片昏暗的民宅旁，一条坡道向上延伸，坡道中途有一只街灯，一位没有面孔的女性站在街灯的光亮下，像在招呼画外的观者似的举着右手。总觉得只要看着这幅画就会被它吞噬进去。可不知道为什么，在感到不祥的同时，我又觉得有几分亲切。

“您喜欢这幅画？”

背后有人向我搭话，是个酒店员工。他穿着旧绒毯似的红色制服，一双大眼睛直直地凝视着我的脸，脸颊上沁满了汗水。我一下就认出来，他无疑就是先前在山上的坡道和我擦肩而过的那个男人。

“这是幅让人过目难忘的画。我也是，从它被挂在这里的那天起，就特别喜欢它。”

说完，这位酒店员工像是才回过神来：

“让您久等了，请来这边。”

在前台办理入住手续时，他仍不时抬头看我的脸。

“您常来尾道吗？”

“不，第一次来。”

我再次说了谎。

“不好意思。”他说着低下了头。

“总觉得好像在哪见到过您，所以……”

“肯定是在那条坡道上见到的吧。你当时从坡上一路跑到坡下。”

他轻轻点了点头。

“……原来如此，是这样啊。”

我指着柜台前的推车问道：

“这里面的杂货，是山上的那家店做的吧？”

“您说得没错。那家店是我妻子兴趣使然才开的。”

果然，在那栋房子里见到的女性是存在的。可我却像见了鬼一样逃了出来，真是丢人。但看那栋房子的样子，真的很难想象里面有人居住。

“刚才，我去了那家店。”

“哦？是吗？”

“很对不住夫人，我连招呼都没打就离开了……”

听到我的话，他一脸诧异。

“‘夫人’是指？”

“那家店里的呀，你夫人。”

“……那栋房子里没有人的。”

“怎么可能没有人呢，夫人还给我看了很多商品呢。”

这位酒店员工瞪大了眼睛盯着我的脸。他的眼神就像两个黑洞，将我引向不安。

“那栋房子里没有人。”

他又说了一次，声音像是从牙缝里挤出来的。

他似乎害怕着什么，被灯光照射着的脸就像刚洗过澡一样湿濡。我嗅到了一股令人嫌恶的味道。

“我妻子离家出走了。现在住在那里的只有我一个人。”

从他的语气中我感到一丝异样。

“那……肯定是我误会了吧。”

“是吧，肯定是误会了。”

他马上接过话，边说边窥探着我的表情。

○

狭小的客房像蒸笼一样让人喘不过气。

壁纸褪色，家具老旧。

我洗了个淋浴，冲干净身上的汗水，之后坐到了床上。感觉就像刚登过山一样疲惫。毕竟是在初夏时节穿梭往返走过了那么多条坡道。

我从包里取出那枚胸针观察起来。它装在一个透明的小袋里，袋上贴着“海风商会”的标签。这是从那位高地房屋中的女子手里买下的，在那栋房子里发生的一切无疑都是现实，而这枚胸针就是确凿的证据。

可话说回来，这次来到尾道后，的确遇到了很多离奇的事。

一位和我妻子一模一样的女子，住在高地上一栋近乎废弃的房屋中。而那位女子的丈夫，却坚称“那栋房子里没有人”。我则至今联系不上心爱的妻子，也不知道她现在何处。

我又试着给妻子打了一个电话。她还是没有开机。

我躺在床上看向稍显斑驳的天花板，试图回忆妻子还在东京时的身影，但是没有成功。并且不知为何，反倒是此前在高地房屋中见到的那位女子的相貌和举止频频浮现在我眼前。

“那果然就是我妻子吧。”我想。

这两周，妻子肯定就住在那栋房子里吧。可要是如此的话，为什么那个酒店员工要撒“那栋房子里没有人”这种一下就会被拆穿的谎呢？为什么一定要让我陷入混乱呢？他在隐瞒着什么。妻子同样也有所隐瞒。这么想的话，一切就说得通了。

想到这里，我厌烦了。

从床上站起身，拉开厚重的窗帘，就能俯视从酒店后驶过的山阳本线。

站在窗边俯视铁道时，我回想起了和妻子一起坐夜行列车的那个夜晚。那是同年的四月上旬，我们乘坐夜行列车从九州返回东京。在那个夜晚，我们无疑途经了这扇窗下的铁路。

当时我们刚参加完我九州的老家举办的法事。

我们在九州过得很开心，妻子也一如既往地开朗。之所以特地乘夜行列车回东京，也是因为妻子说“想要仔细体会旅行的感觉”。

那晚，我们熄了包厢中的灯眺望窗外，直到深夜。漆黑的山影与城镇中孤单的灯火飞逝而过，途经的陌生站台上的光亮将妻子的侧脸映得苍白。倾听车轮驶过铁轨接缝时的声响，会产生一种在暗夜中奔跑的感觉。妻子看着夜幕下掠过窗外的街影说道：

“感觉黎明似乎不会来了。”

事到如今，这句话仿佛成了一种不祥的预言。

○

乘夜行列车从九州回来后，又过了一个星期左右。

一天深夜我回到家中，妻子已经睡下了。我尽可能不发出声响地洗了澡，“哧溜”一下钻进被子躺到了妻子身旁。

迷迷糊糊地正要睡着时，一种窒息般的痛苦袭来，仿佛我的脑袋被按进了放满水的水池中。我像要摆脱什么似的坐起身，在电灯泡发出的光亮下喘起粗气。

看向一旁的妻子，她正像个人偶一样双眼紧闭地睡着。从她双唇的缝隙间传出奇妙的声响，“啪嗒啪嗒”的，听起来就像水滴滴落的声音，似乎是她的舌头在嘴中搅动。应该就是这声响让我做了刚刚的怪梦吧。

我凝神倾听起这声响。慢慢地我注意到，在这舌头发出的“啪嗒”声中，还夹杂着某种类似话语的声音。妻子似乎正在梦中和谁交谈。她的话音越来越大，最终高到像是在吵架一般，紧张感充斥了整个房间。

“喂，没事吧？”

我说着把手放到了妻子肩上。

一瞬间，妻子像一头野兽一样低吼着从床上跃起，试图扭住我的手臂，表情和平日里的她判若两人。下个瞬间，妻子似乎回过了神，惊讶地往后缩了一下身子，双眼紧紧地盯着我的脸。我们就这么互相攥着手臂，茫然地对视了一会儿。随后，妻子叹了口气，双手遮住了自己的脸。

“我做了个可怕的梦。”

她给我讲述了那个梦。

妻子坐在一个六叠大小的房间中，头顶一只小灯泡发出光亮。空旷的房间中只有一个小号日式衣橱和一个大洗手池，就像牢狱一样凄凉。

——必须得赶紧从这屋子里逃出去。

可不论她再怎么焦急，身体都依旧不听使唤。

妻子就那么坐在地板上，从半开的障子间向外看去。那里是一段通向楼下的昏暗楼梯，看来自己正处在某栋民宅的二楼。想要离开这里势必要走下这段楼梯。尽管心里很清楚这一点，但她却不敢去窥探一楼的状况，双腿不管怎么用力都站不起来。

这时，她听到某种东西四肢着地爬上了楼梯。那东西步伐缓慢得令人不寒而栗，就像沾满了黏液一样，每一步都“啪”地落在阶梯上，再慢慢地抬起。妻子拖动沉重的身体躲到衣橱一侧。当然，她知道躲在这里是毫无意义的。没过多久，那骇人的脚步声戛然而止，四下笼罩着夜的静默，令人近乎窒息。

——没人走上来。

妻子长吁一口气。

然而就在这一瞬间，她发觉有人正从楼梯的阴影中看着她。

那人只在楼梯上露出一个脑袋，正看向妻子，脸上像刚洗过似的泛着水光。妻子随即发出恐惧的悲鸣，而对方却一脸茫然，歪了歪头，视线一直在妻子身上。

“那个人的脸，和你一模一样。”

说完这句话，妻子陷入了沉默。

自那以后，妻子总做噩梦。她被梦魇住时发出的叫声也曾数次把我惊醒。但她再也没有给我讲过那些梦的内容。

我曾问她，难道不正是她闷在心里的问题导致她总做噩梦吗？可她的看法却和我完全相反。她说，她之所以会做这种噩梦，完全是因为我胡乱猜忌惹恼了她。

○

我似乎不知不觉间躺在床上睡着了。

回过神来时，窗外的天色已经暗了，我一时没想起来自己现在在哪。对了，这里是尾道的酒店。打开灯看了一眼表，已经下午七点了。拜这一觉所赐，我的心情多少平复了一些。

这时我的手机响了。本以为是妻子，可显示的是个陌生的号码。接通后，对方一直沉默不语。

“请问是哪位？”我有些烦躁地说道。

但我没打算马上挂断电话。因为我觉得电话那头沉默着的似乎就是妻子。不知为何，我脑中浮现出妻子坐在护窗板紧闭的昏暗房间里的样子。可能是从妻子讲给我的那个噩梦展开的联想吧。终于，电话另一侧传来了怯弱的低语，声音小到似乎很快就会随风而逝。

“是我。我们下午见过的……您还记得吗？”

“海风商会的？”

“是的，是我。”

是那个酒店员工的妻子。像这样听着电话中的声音，我无论如何也没法认为她是妻子装扮出来的。

“请救救我。”

“……怎么回事？要怎么救你？”

“我丈夫很可怕。”

她像是用尽力气才说出这几个字。

“一直把我关在二楼。”

“可是……”

“能救救我吗？”

“为什么要对我说？”

“因为您看起来不陌生。”

“觉得自己有危险的话，去找警察才对吧。虽然这么说不太好，但这毕竟也不是我能解决的问题……”

“你打算逃避吗？”

“这，不是逃不逃避的问题吧。”

“……我希望你来救我，只希望你来。”

她正说着，我的房门外传来了“咚咚”的敲门声。

“稍等一下，好像有人来了。”

“一定是我丈夫。”

“怎么会。”

我走到门前，从猫眼看出去。

酒店走廊中，那个员工就站在我的门前。由于近得几乎已经贴在了房门上，所以在猫眼中，他的头就像个怪物的脑袋一样肿胀，头上稍显稀疏的头发浸透了汗水。他带着眼看就要落泪的表情，不断地用头撞着我的房门。刚刚传来的“咚咚”的钝响，就来自这个动作。他到底想干什么？我左手抵着门，继续从猫眼观察他的动向，同时屏住了呼吸。

电话另一端再次传出声音：

“喂，没事吧？”

她此刻正在那栋高地民宅的二层和我通话吧。那个房间的昏暗似乎穿过了听筒，渗到了我这一侧。我猛地意识到：

——她怎么知道我的电话？

她果然就是我妻子。之所以非得要装成别人的样子，一定也有所企图。不过在电话里再怎么说也是白费力气。如今应该面对面地问个清楚。于是我故作平静地问：

“我要怎么帮你？”

“车站旁不是有条商店街吗？那里有间叫‘狐’的寿司店，请在那里等我。我这就下山。”

“知道了，在那里见。”

挂断电话后再次看向门外时，那个酒店员工已经消失了。我穿戴整齐后小心翼翼地走出了客房。可是不论在走廊还是电梯中，我都没有遇到那个酒店员工。

一层的大堂静寂又幽暗，只有前台处灯火煌煌。正准备穿过大堂时，前台的电话响了起来，但仍不见那个员工的身影。电话响个不停，仿佛某种不祥的前兆。

这时，大堂墙上挂的那幅铜版画再次进入我的视线。

人的眼睛到了晚上似乎会自动进行某种调整。此刻我眼前的这幅铜版画上，像是被涂了显隐墨水一样，多了一些白天时没有看到的元素。

我注意到了一栋画在坡道上方的房子。和那栋高地上的民宅一模一样。画中房屋的二层，在昏暗的窗户背后似乎能看到一个人影，但不论把脸贴得多近都很难完全看清。或许那只是无意间留下的爪痕吧。

○

尾道的商店街与山阳本线的铁道并行延伸，头顶上的拱廊颇有年代感。大部分店铺都关着卷帘门，街上只有零散的三两行人。

我在自己脚步声的陪伴下走着，没多久就在左手边看到了写有“狐”字的招牌。这家寿司店店面狭窄，但进深很长。我在地台上找了块地方坐下，点了刺身和啤酒。看了一眼表，时间已过八点。

妻子迟迟没有出现。

我边喝酒边等。尽管心里依旧气愤，但某种意义上也的确松了口气。直到不久前，我都还只能一头雾水地被人耍得团团转，如今终于可以冷静地梳理一下这次的事了。我不知道妻子和那个酒店员工是怎么认识的，但问题至此已经很清楚了。

就在我自斟自饮的时候，寿司店的门喀拉喀拉地被人粗暴地拉开了。“晚上好。”穿着长袖围裙的店员说。我向门口看去，心情随即变得不悦。站在那里的是那个酒店员工。他正瞪圆了眼睛盯着我。之后他毫不迟疑地走过来，在我对面盘腿坐下。

“久等了。”

“我可不是在等你。”

“我当然知道。”

之后我们互相凝视着陷入了沉默。简直就像在看着镜子里的自己。突然他拿过我放在桌子上的酒杯，给自己倒了一杯啤酒，一饮而尽。

“你还在上班时间吧，”我说，“喝酒也没事吗？”

“没事，无所谓。”

他擦了下嘴，长吁一口气。

为什么他会来这里？是妻子让他来跟我把话说清楚的吗？他看上去倒的确有些不安。但随着观察，我发现他害怕的似乎并不是我。他不时地回过头，戒备地看向商店街上来往的行人，样子就像个被追逼到绝境的逃亡者。

喝完啤酒后的他丝毫没有要开口的意思。

我等不下去了。

“你和她是什么关系？”

他听了诧异地看着我的脸。

“……她？哪个她？”

“我说的‘她’就是我妻子。”

酒店员工叹了一口气。

“我根本就不认识您夫人啊。”

“你想说你们私底下什么都没有吗？”

“可以小点儿声吗？算我求您了。”

明明不论地台还是吧台都坐满了客人，可店内却一片寂静。仿佛所有客人都在仔细听着我们的对话。店员拿来一只新酒杯和一瓶啤酒放到酒店员工面前。酒店员工又喝了些，探过身子来低声说："您是不是有什么误会呀？"

他这安抚一般的语气激怒了我。

"那你为什么来这里？"

"我是关心客人的状况。"

"刚才还站在我门外了吧。"

"您是假装不在呀，真坏。"

酒店员工呵呵呵地露出似哭非哭似笑非笑的表情。我愈发愤怒。这个男人明显是在胡言乱语地耍弄我。

"我们还是好好把话说清楚吧。"

"没问题。"

"'那栋房子里没有人。'这话是你说的没错吧？"

"嗯，因为事实就是如此。"

"那从两周前开始躲在那栋房子二楼的女人是谁？你就算想瞒也瞒不住我了。"

"对对，就是这件事。"酒店员工激动起来，"我就是因为这件事来的。"

"那就赶紧进入正题吧。"

"那我问您，您真的看到了吗？"

"看到什么？"

"二楼上的女人。"

"当然看到了。那是我妻子。"

"您说什么？那是不可能的！"

酒店员工发出刺耳的笑声。

他的脸上没了血色。

○

酒店员工边喝酒边说：

“我是三年前搬进那栋房子的。”

事情原委和我白天在那栋房子中从“酒店员工的妻子”那里听到的一样。丈夫在酒店上班，妻子则利用玄关旁的一个房间开了家杂货店。

平静的生活持续了一段时间。

但从去年开始，酒店员工从妻子身上察觉到了一些异样。杂货店时开时关，酒店员工不在家时，她似乎也会出门去某个地方。

“我当时就觉得很奇怪。”

“你的怀疑有什么证据吗？”

“哪有什么证据。但我就是知道。毕竟是夫妻啊。”

可能从一开始就不该租这栋房子，酒店员工心想。这里灰尘很大，不论什么东西都会很快落满一层灰，还总能听到不知从哪里传来的漏水声，所有的一切都散发着腥臭味。但就算酒店员工直说他觉得这里“有问题”，妻子也完全不当回事。

“有问题的是你吧。”

两人的争吵越来越多。

妻子一气之下躲上了二楼，无论怎么叫都不再下来。自那以后，几乎每当酒店员工下班回到家，家里都是一片漆黑。手脚并用地从楼梯爬上二楼，就能看到妻子坐在护窗板紧闭的房间中。

不过比起白天不知去向，妻子像这样闭门不出倒更让他安心。

“然而就在今年四月的一天……”

酒店员工吞吞吐吐地说道。

“我先是和妻子说今天上夜班，晚上不回来了，然后在午夜时分悄悄跑回了家。因为有些事想确认一下。我沿檐廊绕进一层的房间后，听到有人在二楼走动。那脚步声怎么听都不像是妻子的。我悄悄地爬上楼梯，结果听到妻子正在和谁说话。”

但就在我从楼梯口探出头时，话音与脚步声全都戛然而止。小灯泡的光线蒙蒙地照亮着房间。妻子拼命把身子缩在墙边日式衣橱的阴影中，眼睛直直地看向楼梯这边。她的双眼中映着异样的光。

“是不是有人在？我听到声音了。”

“哪儿有什么人啊。”

妻子说着尖声大笑了起来。

“这里什么都没有。”

听到妻子的话，酒店员工心里一紧。

突然妻子蹿出衣橱的阴影，撞开酒店员工，气势汹汹地冲下了楼梯。酒店员工急忙追下楼，跑到玄关时发现推拉门开着，一层没有妻子的影子。她似乎光着脚跑到了外面。酒店员工也光脚飞奔了出去。妻子轻盈舞动着的白色身影，在坡道中途一只街灯的光亮下闪过了一瞬。夜深人静的街道中，妻子像风一般穿行着。

酒店员工紧追着妻子的踪迹，其间有数次都险些跟丢。很快他们就转入了千光寺通往山阳本线的那条长长的坡道。喘着气向坡下看去，妻子正沿着曲折的坡道向下飞奔，眼看就要穿过铁道口了。

“这时夜行列车来了。”

酒店员工讲到这里时，我背后传来一丝凉意。

“妻子站在道口回过头。我从没见过那么冰冷的表情，从没见过。那绝不是人类的表情。”

酒店员工擦了下汗。

“接着她跳进了铁轨。”

○

“你夫人自杀了？”

我小声询问道。酒店员工发出冷笑。

“谁知道呢。”

“这是什么意思？”

“因为列车没有停，它驶过后也没有留下任何痕迹。就是说，看到妻子跳进铁轨的只有我。谁会信呢。在那以后妻子就消失了，那个家里什么都没了。所以听客人您说和我妻子说过话时我吓了一跳。因为那根本就不可能。”

说罢酒店员工陷入了沉默。我心里非常不爽。这个男人真的说了实话吗？

“你现在一个人住在那栋房子里吗？”

“那种地方还怎么住。”

“但白天你去了那里吧。”

“因为我还是很在意。总想着妻子可能会回来。”

“……也看了二楼吗？”

酒店员工惊恐地摇起头。

“那个二楼，成天关着护窗板，里面一片漆黑，什么都没有的。只是想想房间一角的那个衣橱我就难受得不行，仿佛还能听到妻子尖锐的笑声。我哪还敢再爬上那个楼梯。”

酒店员工的语气像是有些生气，说完这些又一次沉默了。

到底发生了什么？为什么这个人会如此热心地跟我说这些事？不觉间寿司店的客人少了，如今笼罩店内的是另一种沉默。有种被困入了那栋房子昏暗的二层的感觉。

“为什么要和我说那些话。”

“是啊，为什么呢？”

“我对你家的事根本没有兴趣。”

“但您听得好像也很专注啊。”酒店员工说，“出了好多汗呢。”

我确实和酒店员工一样出了很多令人不悦的汗。

酒店员工用脏污的手帕遮住嘴，眼睛从手帕上方看向我。“客人。”他说。

“您知道我妻子在哪里吗？”

和他对视时，我越发由衷地厌恶起眼前这个令人脊背发寒的男人。如今，我觉得这个男人就是万恶的根源。他的嘴里没有一句是真话。

“这种问题还需要问吗？”

听我这么回答，他似乎有些退缩。

"所以是在哪儿呢？"

"不要装了。就在那栋房子的二楼。"

"不可能，那栋房子里没有人的。"

"的确没有人。"

"那是……"

"你夫人已经死了。是你杀的。"

"客人，您说什么呢。"

"不是这样吗？"

"要是这样，那晚跳向夜行列车的是谁？"

"……你自己心里清楚。"

酒店员工说不出话，双眼圆瞪，只顾喘息。他的脸色转眼间变得铁青，我甚至怀疑他会就这么晕倒。

过了一会儿他站起身，踉踉跄跄地走出了店门。

○

我想起了和妻子乘夜行列车的那晚。

"感觉黎明似乎不会来了。"

妻子说完这句话的瞬间，我们乘坐的夜行列车通过了尾道站。四周一下明亮了起来，荧光灯照射下的无人站台从车窗外飞逝而过。

"你来过尾道吗？"

妻子看着站名问道。

"没有，没来过。"我说。

为什么我当时要说谎呢？

驶过尾道站后，一片绵延的旧城区出现在铁路旁。它们距铁路极近，从车内能看到通向寺门的石阶，和错落的民宅间向上蜿蜒的坡道。虽然列车转眼间就驶过了这些坡道，但它们仿佛一条条通往未知国度的隧道，给我留下了非常神秘的印象。

就在我们看着车窗外掠过的尾道城区时，列车恰巧从那条通往千光寺的绵长坡道前驶过。铁路信号灯旁站着一位女子。尽管列车瞬间就从她面前飞驰了过去，但我似乎看到她向我挥了手。

那一秒，我脑中浮现出一条被八月的阳光照射着的坡道。那是读研时的一个夏日午后，我为了见长谷川，返校途中在尾道下了车。

参观过千光寺后，我们沿千光寺坡道向下走去。

刺眼的阳光将这条古城区的曲折坡道照得发白。濑户内海沿岸的天空蓝得耀眼，周遭像浸在热水中一样湿热。阳伞投下的阴影中，长谷川白皙的脸颊与脖颈似真似幻。

我们边走边聊着回到京都后的打算以及口语培训班上朋友们的八卦。她说想尽早回京都学习。

“也是，大学里九月还有考试。”

“待在这边，很容易就变得吊儿郎当。”

“想象不到呢。”

“是吗？”

“因为你看上去很可靠。”

“你这么夸我我也不会高兴哟。我其实很靠不住的。只不过那一面被藏起来了而已。”

"为什么？"

"已经习惯这样了。"

"想要隐藏也很费力吧？"

"是呀，今天不还是迟到了。真丢人。"

"其实偶尔示弱一下也不错呀。"

我努力装出玩笑的语气。

"有什么烦恼的话都可以来找我商量。"

"……怎么办，我还真的有些烦恼呢。"

长谷川在坡道中途停下了脚步。她视线的前方是沿海的街市，以及她居住的向岛。但她所看着的似乎并不是这些风景，而是别的什么。正在我疑惑时，她嘴角露出了微笑。

"但学长感兴趣的只是能解决的问题。"

说着，她再次走了起来。

她可能只是随口一说，并没有什么深意。毕竟我们仅认识了半年，她也只不过是个二十岁的大学生。然而我却有种被看透的感觉，几乎愣在了原地。

"从某种意义上来说倒也没错。"

光是念出这句话我就已经精疲力竭了。之后，我和她一起走下了那条炙热的坡道。

我恐怕也隐约察觉到了自身的这一点，所以一直在担心，怕被人戳穿。长谷川的话在我听来就像在说："面对真正棘手的问题时你一定会选择逃避。你是个在关键时刻根本靠不住的人。"

当我终于在夜行列车的包厢中回过神来时，妻子正用额头抵着车窗沉默着。她的侧脸异样地冰冷，仿佛坐在那里的不是妻子，而是另一个人。向她搭话也不回答。我抓住她的肩摇晃了一下，她才终于有了反应。

“嗯？”

“你怎么了？刚刚一直发呆，一点儿反应都没有。”

“我发呆了吗？”

“是啊。”

尽管如此，妻子依旧呆然地看着窗外，街市传来的微光照亮了她的脸。

夜行列车在暗夜中疾驰。

我再次看起窗外的风景。那个站在坡下铁道口的女子会是谁呢？虽然只在我眼前出现了一瞬，但那身影让我联想起了长谷川。但这是不可能的。她五年前就消失在了鞍马，至今仍下落不明。

在我想着这些事时，妻子突然问道：

“你看没看到什么可怕的东西？”

“可怕的东西？”

“一个女人。”妻子说，“站在铁道口那里。没看到吗？”

“……没有，没注意到。”

我特意摇了摇头。

妻子沉思了一会儿。

“……总觉得像是看到了自己。”

○

我急忙付了钱追出寿司店。

万籁俱寂的商店街上不见酒店员工的身影。

我穿过商店街一侧的狭长小巷走上公路。路另一侧山阳本线的铁轨铺向远方。铁道口后是通向寺门的石阶。过了那里就是山上的街市。

“请救救我。”

她的声音仿佛就在耳边。

是什么让妻子逐渐开始变身，那个酒店员工和她又是怎样的关系，这些都已无关紧要了。重点是她在向我求救。一定要尽早带她走出那栋房子的二楼离开尾道。我真应该再早些来这里。不，最初我就不该让妻子离开。

——面对真正棘手的问题时你一定会选择逃避。

不是的，我想。不是的。

我快步跨过铁道口，穿过空旷的寺院。

寂静的山间街市给人一种和白天截然相反的印象。街灯下的石阶和岔路就像水族馆幽暗的通道一样透着阴冷。

我穿过街道走向那栋高地上的房子。夜幕下，那些废弃的民宅变得更加显眼。它们都没开灯，就像一块块黑斑很好分辨。崩塌的外墙上遮着蓝塑料布，旧瓦片堆积在门前。随着路两侧的废屋增多，周遭也愈发昏暗起来。

走出一段距离后我回过头，眼下沿岸的夜景延向远方。再没有哪个夜比此刻更加真切。感觉黎明似乎不会来了。

转入通向那栋房子的坡道时，一个黑影从路旁废屋的阴暗处钻出。是那个酒店员工。

“您这是打算去哪儿？”

“去那栋房子。”

“饶了我吧，都说了那里没有人。”

“我要去接我妻子。”

话音刚落，酒店员工整个人扑了上来。

我还没回过神，就已经被按倒在路上。

酒店员工把我骑在身下，绞住我的脖子。他的怒气扑面，淌落的汗珠打在我身上。但我没觉得害怕。我感到的不是恐惧，而是愤怒。那愤怒从我内心一隅的黑暗处爆燃开来，几乎让我变身成另一个人，我从未如此愤怒过。

伸出右臂，我摸索到一块相当厚实的破瓦片。我抓住它砸向酒店员工的太阳穴。有种难以言说的触感。我听到了呻吟声，遂又接连砸下第二下、第三下。这下那呻吟声也消失了。对手没了气力。我推开他瘫软的身体，剧烈地喘息着。

过了一会儿，我才终于站起身。

酒店员工横倒在路上，背蜷曲着，双眼紧闭，脸上写满了哀伤，仿佛下一秒就会有泪流下。保险起见，我又用力给了他脑袋一下。黑暗中，酒店员工只发出一声漏了气般的叹息。

我把瓦丢到一旁，凝视起自己沾满鲜血的双手。

○

我继续向那栋房屋走去。

坡道左手边的那排民宅全都熄了灯，右手边的杂木林也同样一片昏暗。坡道中途，一只街灯孤零零地立着，在它身后，道路仿佛一条漆黑的隧道。

我透过黑暗再次看向沾满血的双手。

将酒店员工脑袋打碎时的触感，以及他最后泄出的那声叹息在我脑海中重现。那声叹息仿佛就发出自我的身体。这一刻我终于明白了：妻子变身了，这意味着我也同样如此。

抬头看向坡道上方，一位穿着白色夏装的女子从黑暗中走了出来。她站在街灯下，举着右手，向我投来微笑。那就是我翘首以盼的妻子。

“我来接你了。来，一起回家吧。”

在妻子的依偎下，我们走上了那条坡道。

这样啊，原来是要回那个家。我接受了这一点。

“你就在那栋房子的二楼吧？”

“嗯，一直都在那里。那里就像暗室一样黑。”

“不用再怕了，我已经把那个男的解决掉了。”

“真棒呢。”

妻子低头嗤嗤地笑起来，随后猛地抬起头呢喃道：

“啊，我听到了。”

“听到什么？”

“列车来了。要是在那栋房子的二楼就能看到它了。”

山下传来铁道口的警铃声。

——夜行列车正从这里驶过。

我凭什么相信自己能把妻子带回来呢？真是愚蠢，愚不可及。但至少我没有逃避。想到这里，我心中忽地涌起一阵淡淡的哀伤。我下意识停住了脚步。

妻子回过头问：

“怎么了？走不动了吗？”

“稍微有些伤感。”

“很近了，再坚持一下。”

“嗯。好，我们回家吧。”

说着我伸出手，沾满鲜血的手，妻子牵住了它。我心中的悲伤因此渐渐散去，就连笼罩着四下的黑夜似乎都变得甜美而亲切。我同样用力地握紧了妻子的手，决心再也不放开。

之后我们紧紧牵着手，走回了那栋高地上的房子。

第二夜　奥飞驒[1]

“比起旅行本身，我还是对一起旅行的同伴更感兴趣。所谓搭伴旅行，就像把大家都关进同一间密室一样。”

第二个开口讲述的是武田君。

他比我还小上一岁，在口语培训班认识他时他还在念大一。虽然看上去像是个心思细腻的人，却也有着厚脸皮的一面，和中井学长、田边先生他们很快就打成了一片。长谷川曾评价他说“武田君很会说话”，确实如此。

武田君大学毕业后去了东京一家科技方面的出版社，据说是做一些教科书和面向大众的科普读物。

由此开始是武田君的话。

---

[1] 奥飞驒：日语中“奥”指“深处”，“奥飞驒”即飞奥飞驒腹地。飞驒位于日本岐阜县。

○

这是四年前的秋天，我去飞驒时的事。

公司有位叫增田的前辈，三十多岁，和我一个部门，我刚入职的时候教了我很多东西。现在我们虽然都调到了不同的部门，但私下里还是经常一起吃饭，一起出去玩。

十月末的时候增田前辈约我吃午饭，问我："十一月的小长假去飞驒怎么样？"说是除了我和他以外，同行的还有他的恋人川上美弥，以及他恋人的妹妹琉璃。

说实话，这不会是一趟轻松的旅程。在这之前我们已经一起玩过很多次了，所以我很清楚增田前辈和美弥这两个人在一起时的样子。他们平日在工作上虽然都很干练，但只要凑在一起就会立刻变得像两个小孩儿，拌嘴是常有的事。琉璃和美弥同住一间公寓，在东京市里念大学。比起姐姐美弥，琉璃明显怯生生的，对她姐姐言听计从。要是在路途中遇到什么突发情况，她恐怕是帮不上任何忙的。

"所以你才打算把我拉上吗？"

听我这么说，增田前辈笑了："拜托了嘛。"

嗯，我倒也不讨厌扮演这种角色，因此答应了前辈："那我就去吧。"就这样，我们在十一月起程了。

我的努力还是有价值的，旅行平安无事地过了半程。

在新宿站集合，乘梓号[1]特急列车到松本，在城下町[2]逛了逛，之后入住了松本市内的旅店。

我们计划第二天租辆车，从松本翻过山口去飞驒高山。增田前辈在旅店房间中摊开地图。“158号国道过去也被叫作野麦街道。”他向我们讲道。飞驒深山中的女工们去制丝工厂上班时似乎就会走这条路。大家聚在地图前听知识渊博的增田前辈讲解也是旅行的乐趣之一。看来明天行程也很清闲啊，我想。甚至稍微有些无聊。

然而到了翌日清晨，情况却变得诡谲起来。不知为什么，美弥的情绪差得厉害。

租来的车内空气异常沉重。

坐在副驾驶的美弥脸扭向一旁，增田前辈则一言不发地握着方向盘。遇到这种情况时，增田前辈一向不会老老实实地去讨好美弥。我坐在后排，一旁的琉璃就像石化了一样一动不动。每当姐姐心情不好时她都是这副样子。起初我还努力试着缓和气氛，但不见任何好转，于是我也干脆甩手不干了。之后车内没人再开过口。

158号国道由松本市区向西延伸，通向群山腹地。开出一段后，158号国道不再与野麦街道并行，折向了安房山口方向。穿过长长的隧道后就到了奥飞驒，只要再沿着山路往下开，十一点左右就能到飞驒的高山市。

---

[1] 梓号：即あずさ（azusa）号，东日本旅客铁道系统的列车班次之一，连接新宿站与松本站。名字来源于流经松本市附近的梓川。

[2] 城下町：日本的城市形态之一，指围绕领主的城形成的小镇。此处指松本城周围的旧城区。

○

遇到那个妇人，是在去飞驒高山的下坡途中。

最先看到的是一辆停在路边的厢型车。车旁站着一位壮硕的男性，朝我们用力地挥着手，无疑是在求助。看到他时，我忽地打了个寒战。乳白色的厢型车随处可见，那男人也很有礼貌的样子，所以我也不清楚自己为什么会产生这种感觉。

副驾驶上的美弥轻哼了一声。

“不要停车。”

“这可不好哟。”

增田前辈劝道，之后减缓了车速。

把车停到厢型车后面后，增田前辈开门下了车。车内一片静寂，美弥咂嘴的声音听上去异常清晰。前挡风玻璃外，那个男人正指着厢型车说明着什么。

过了一会儿，因为想呼吸外面的空气，我也下了车走向他们。秋日冷冽的空气中，浮着潮湿的落叶和泥土的味道。

男人说他原本要送姑姑去飞驒高山，但途中车出了问题，照这样下去不知得到什么时候才能继续动身。而麻烦的是他姑姑接下来要在高山市里开个小讲座，开始时间也早就确定了。所以他想问一下，如果我们接下来也是往高山方向去的话，能不能载他姑姑一程。虽然是个挺唐突的要求，但他应该也是迫不得已吧。

“没事的，我们可以送。”

增田前辈直接答应了下来。我急忙小声问他：

“怎么这就答应了，你准备让她坐哪？”

“让美弥坐到后座就行了。你们三个人挤一挤也没问题吧？”

“当然有问题了。美弥肯定会生气的。”

增田前辈就像在故意针对美弥。我觉得这事最好还是由我来向美弥解释，于是快步回到了车上。美弥此时正紧皱着眉头。

“那个人磨磨叽叽地说什么呢？”

“说是他们的车抛锚了，所以问我们能不能帮他送一位乘客到高山……你可以来后排和我们挤着坐一小段路吗？”

“不行，我才不要。你们怎么擅自就答应了？”

“是增田前辈，他一口就应下来了。而且你也有责任啊，从早上起来就耷拉着脸。增田前辈明显是想报复你。”

“你的意思是我不对咯？”

“当然增田前辈也很小心眼。”

“没错，他就是那种人。”

“不过，帮助遇到困难的人也是件好事吧？”

这时从厢型车上下来了一位稍显年迈的女性，笑眯眯地朝我们走来。她的穿着打扮朴素随意得就像是在逛自己家旁边的市场，完全没有不远千里来开讲座的样子。可即便这样，她还是令我又打了个寒战。美弥对她的印象似乎也是如此。

“有种不好的感觉。”她低声说。

○

这位搭车的女性自称“Sandao”。

在我们沿山路驶向飞驒高山的这段时间里，Sandao 女士坐在副驾驶上兴高采烈地说个不停，增田前辈则充当了专业倾听者的角色。不过，就算没有增田前辈的附和，恐怕 Sandao 女士也会毫无顾忌地一直说下去。当然，这种热闹起码比此前车内尴尬的沉默氛围要好多了。满脸不悦的美弥一言不发地盯着窗外，挤在我和她中间的琉璃则努力缩着身子。

“坐陌生人的车肯定会有些不安吧？”增田前辈问。“我对你们很放心呀，”Sandao 女士爽朗地答道，“看面相我就知道了。”

“我们看起来那么像好人吗？”

“我很会看人的。”

“您老家是这边的吗？”

“我是冈谷市[1]生人，婚后搬到了松本市[2]。”

Sandao 女士的曾祖父经营着一间制丝工厂，她的家族在冈谷也曾是名门，只是在她婚后没落了。她丈夫一直在当地的银行上班，家里有三个孩子。长子在松本市里开了一家餐馆，长女就职于一家经营手工家具的公司，小儿子则在东京上班。丈夫在退休后很快因急病过世了，她现在在长子家附近找了间房子自己生活。因为偶尔会去长子的店里帮忙，还要照顾孙子，再加上她自己也有工作，所以生活丝毫说不上寂寞。而且总保持忙碌的状态对健康也有好处。今天也是为了在飞驒高山的讲座，才让外甥送她过来的——Sandao 女士讲了很多家长里短的事。

“是什么讲座？”

---

[1] 冈谷市：位于日本长野县西南部，与飞驒隔山相望。养蚕业发达。

[2] 松本市：日本长野县城市，位于冈谷市北部。

面对我的问题，Sandao 女士的回答有些让人摸不着头脑。

“你们几个听了可能只会觉得无聊吧——我能看到未来。不过对这种事感兴趣的人也确实大有人在。”

“像是看手相或者占星术什么的？”

“我不懂那么难的东西，脑袋没那么灵光。”Sandao 女士笑着说，“我的做法很简单，就是看对方的脸。只需这样，就能自然而然地看到很多东西。人的脸上可真是承载了无数的信息，它不仅记录了你曾经历过的一切，你的未来同样也能从你脸上窥得一二。剩下只需再把我看到的东西对客人胡扯上几句就好了。”

听到这里，琉璃突然开口问道：

“从我的脸上您能看到什么？”

“这不好吧，”增田前辈试图打圆场，“怎么说这也是人家 Sandao 女士的工作……”

“没关系的，”Sandao 女士微笑着说，“只是有时我也会看到不好的东西。而一旦看到了，我可不会装作没看到哟。”

这时美弥话中带刺地说：

“反正我也不会相信这些。”

她恐怕只是想先发制人吧。

Sandao 女士转过身看向坐在后排的我们三个。她的视线仿佛正舔舐着我们的全身，眼神就像长刀映起的寒光。我打了个寒战，美弥和琉璃似乎也惊魂不定。只有坐在驾驶席的增田前辈丝毫没有察觉到这一切。

“也不用这么说吧。”

增田前辈对美弥说完，又向 Sandao 女士表示了歉意。

“没事，我不会放在心上的。”

Sandao 女士转回身，平静地说道。

“干这种工作，难免被人说三道四。但我从不会往心里去。”

这句话后，Sandao 女士连同我们全都陷入了沉默。

她刚刚的那个眼神究竟是怎么回事？当然，我不相信“看到未来”这种超自然的东西。但刚刚 Sandao 女士的眼神确实让我感到了异样。汽车继续向飞驒高山开去，我通过后视镜观察起坐在副驾驶的 Sandao 女士。她正一脸专注地朝手账上记着什么，像是在做演讲的准备。

不久，国道两侧的旧石墙和商店开始增多，我们似乎驶入了飞驒高山市的中心。在松本时，旅店外的天空还显得萧肃凛冽，而到了高山这里，天空的色彩却显得柔和了。或许每个市镇的天空，都有着不同的色彩吧。

Sandao 女士开讲座的地方，是高山站西侧的一座文化会馆。出乎我意料的是，那是一栋十分豪华、现代的建筑。她在停车场下车，向我们道过谢后朝会馆走去，可没走几步又小跑着折返了回来。接着，她这么说道：

“请你们回东京吧。”

“我们当然会回去的，明天就回。”

听到增田前辈的回答，Sandao 女士用力摇了摇头。

“如果不马上回去就来不及了。”

我们几个面面相觑，没人知道眼前这个人是什么意思。可她的表情又格外认真，看起来不像是在开玩笑。

“两位的脸上透着 sixiang。”

我们花了相当的时间才意识到她说的那两个字是“死相”。之后，Sandao 女士丢下怔住的我们，快步走向会馆。她的身影随后消失在了会馆中。

○

“死相”，是指因病濒死之人脸上所显露出来的样子。这两个字，使我想起了我在爷爷的病房里见到的，爷爷临终前的样子。爷爷的脸在年幼的我眼中显得异常小，皮肤的颜色也不对劲。那一刻，我所熟知的爷爷仿佛变成了一个陌生人。那或许就是“死相”吧。

想到这里，我逐个看了其他三个同伴的脸。当然，上面并没有什么“死相”。

美弥下车，换到了副驾驶的位子。

“……这谢幕词真是绝了。这就是所谓的恩将仇报吧。”

增田前辈只“嗯”了一声，攥紧了方向盘。

我们之后又就 Sandao 女士的“谢幕词”讨论了一番。虽说是“讨论”，但结论其实一开始就确定了。哪儿有人会只因为旅途中偶然碰到的大妈的一番话就欣然折返呢？

而且，就算我们无所谓，美弥也绝不会同意的。她有一位读艺术大学时的学长，在飞驒高山开了家手工艺品店，她特别期待能去那家店里看一看。我们当晚要入住的旅店也是她那位学长帮忙介绍的。

“我不是说了难听的话么，她那肯定是在报复。”

“嗯，这倒也能说得通。”

“气死了。我都说别让那种人上车了。”

假如那真的是 Sandao 女士存心报复，她的计谋无疑是非常成功的。

直到我们找了家当地的拉面店吃上饭，美弥烦躁的心情都没能平复。她喋喋不休地就让 Sandao 女士上了车这件事数落增田前辈。起初增田前辈的确是在诚心诚意地道歉，可渐渐地他控制不住自己，道歉的语气越来越夸张，诚意也渐渐消失了。他明知道美弥正在气头上，却仍选择这样故意嘲讽她。

这期间，琉璃一声不响地吃着拉面。这时我忽然发现，她的脸上比平时多了几分忐忑。

“还在想 Sandao 的那些话？”

“唔，有点儿……”

“这世上什么人都有，不用放在心上。”

琉璃脸上隐隐露出笑意。

“真是如此吗？”

“什么意思？”

“没什么意思。真的，没事。”

说罢琉璃陷入了沉默。

○

那是我第一次到飞驒高山。

我们吃午饭的店就在高山站附近的一个路口，它一侧是朝向大路的联排商铺，另一侧则是一条幽深的小巷。

四下有种独属于偏远小镇的静谧，一些停止营业、合上了卷帘门的店铺进入了我的视线。可能是秋日的天空太过明朗，反而使两侧楼宇逼夹下的街道显得像山谷一样充满寒意，整个小镇也因此像是笼罩在一层淡淡的阴霾之下。

不过，走近那条南北贯穿了整个小镇的河后，天空就一下敞亮了起来，这座小镇所经历过的历史沧桑在此尽显无遗。这片仍保留着原貌的老城区中，游客们在狭小的巷子里摩肩接踵，就像祭典一般热闹。

美弥缠着红色的围巾，飒爽地打着头阵。她不再和增田前辈说一句话。恐怕现在她心里想的，全是那位即将去拜访的学长。

美弥学长的手工艺品店就在古朴的旧城区的一隅。那家店虽然从外观上看像是江户时代[1]的木造二层商铺，室内却像家装展厅一样时尚光鲜。店里从供人随手把玩的小物件到大件家具一应俱全，一角还有供饮茶会客的空间。美弥的学长被店员从里间叫了出来，是位皮肤偏黑的精悍男性。

“可算来了。应该早点儿来嘛，你上次和我联系都是什么时候的事了？”

“谁让你这里这么远嘛。”

美弥的语气就像是在撒娇。

“有什么远的，不就是东京吗？转眼不就到了。”

我们被请到了饮茶区。

---

[1] 江户时代：德川幕府统治日本，以江户（现日本东京）为日本政治中心的时代，又称“德川时代”。主流学派认为江户时代是指从 1603 年至 1867 年的 264 年。

这位学长姓“内海”，是个非常爽朗有趣的人。他从名古屋的艺术大学毕业后，先在东京工作了一段时间，之后回到故乡飞驒高山，帮忙经营这家手工艺品店。至于肤色，据他本人说是跑马拉松时晒黑的，本市的店主们组了个队去各地跑步，今年还参加了全程一百公里的超级马拉松。“和本地人的应酬可是非常重要的哟！”尽管他是笑着说的这句话，我却只觉得惊愕——应酬而已，有必要跑上一百公里吗？

“生意看上去很不错呀。”美弥说道。

“嗯，还能凑合得下去。”

“来之前还在想，要是你过得特别凄惨可怎么办呀。现在发现不用操这份心了，我反倒还有点儿失望。”

美弥的脸上充满喜悦，不久前的不愉快似乎从没存在过。她对内海的亲昵举动故意得有点明显，应该也是想借此机会气一气增田前辈。

增田前辈没有要加入对话的意思。他面无表情地小口喝着咖啡，双眼就像在凝视着虚空。“至少也要陪个笑吧”，我想。关于美弥他们学生时代的话题持续了一会儿后，增田前辈突然站起身说：“我去呼吸一下外面的空气。”说罢他径直走了出去，我们连挽留的机会都没有。

内海看上去有些惊讶。

“是个很难搞的人呢。”

“脾气有些急罢了。”

听美弥这么说，内海意味深长地笑了。

“所以呢，和他是什么时候开始的？”

美弥发出了“哼”的一声鼻音。

○

令我们惊讶的是，内海竟然知道 Sandao 女士。

“你们说的是三岛邦子吧？”

她确实有着一定的名气，内海所在的马拉松队中似乎还有些成员是她的信徒。“虽然看上去只是个普通的大妈，但偶尔会冒出一些骇人的言论。”内海讲道。

内海本身并不是她的信徒，但他也认为她身上有种不同寻常的气质。她是因为丈夫的猝死才发现自己的能力的——这是当地一则著名的奇闻。就在她丈夫去世前几天，她从仍充满活力的丈夫脸上看到了死相。据说，当时她丈夫就站在玄关前，脸缩得很小。

内海把这些全都讲给了我们。

美弥之所以抛出三岛女士的话题，是因为不想让内海继续追问眼下她和增田前辈闹别扭的事。我想，她原本一定是希望内海以一句“什么跟什么嘛”来一笑了之的。然而内海却出乎意料地当真了。在听说三岛女士说我们“透着死相”后，他脸上写满了担忧。美弥微笑着窥视起内海的表情。

“你不会真的在担心吧？”

“没有，我毕竟不是她的信徒。只是，难免有点儿不好的感觉……”

内海没有正面回答。

美弥看上去没了兴致。

这时，心里最害怕的恐怕是琉璃。她就像沉在水底一样面色阴沉，原本就很白皙的肌肤在此刻白得发青。她的样子让美弥很不满。“你不用当真。”美弥命令般地对她说道。

“内海学长你也是，别说这么无聊的事行不行？”

尽管如此，我们还是担心起迟迟未归的增田前辈。

又等了一会儿，琉璃站起来说：“我去找他。”“好好等着吧，省得走岔了。”美弥再次命令道，但琉璃却少见地还了口。

“我也想呼吸一下外面的空气。”

说完琉璃走了出去。屋内欢快的气氛消失了，取而代之的是沉闷。

内海似乎想起了什么。

“你们今晚是住平汤温泉[1]吧？”

“嗯，没错。”

“那你们去了就知道了，你们绝对想不到那儿有多棒。奥飞驒那边应该已经积了一些雪了吧，开车去的话路上一定要小心……”

说到这里他好像忽然意识到了什么，闭上了嘴。

他是意识到，不管说什么，最终都会绕回三岛女士的预言。

与此同时，我正独自沉浸于一个奇怪的想法。三岛女士口中的“两位”这两个字让我有些介怀。为什么不是某一个人，也不是我们全部四个人，而是“两位”呢？

---

[1] 平汤温泉：位于日本岐阜县高山市奥飞驒温泉乡，是奥飞驒温泉乡中历史最悠久的温泉。

这两位，究竟是谁和谁？

〇

见增田前辈和琉璃都没有回来，美弥和我也走出了商店。

才刚过下午两点，旧城区却已经弥漫起了黄昏的气息，来往行人投在路上的影子变得越来越浓厚。秋天的日夜原来轮转得这么快吗？

内海送我们到店门口。

“那边就是旧城遗址了。”

“那我们先走啦，内海学长。多谢。”

“常来玩呀，每周都来呗。”

美弥轻笑着迈开了步子。

走出一段路后我回过头，发现内海仍站在店门口，凝视着我们。秋阳从古老的旧城区上空洒下光线，给他的身影增添了几分悲凉。你们应该马上回东京——内海其实也想这么对我们说吧？我大脑中胡乱想着这些，而美弥却径直走着，头也没有回过。

我急忙追了上去。

“增田前辈他们，也不知道去哪儿了。”

“管他们呢，我们随便走走吧。”

美弥把下巴埋进围巾，然后拉住了我的手。

我们在路边店买了仙贝[1]，穿过了旧城区，之后迷失在了缓

[1] 仙贝：日本传统点心之一，在面糊中加入鸡蛋和砂糖等煎烤制成。

坡与石墙纵横交错的住宅区中。这里远离旅游景点，四下寂静无声，美弥嚼仙贝的声音也因此显得异常清晰。“给。”她把刚咬过的仙贝递了过来。那仙贝的香味让我很是怀念。

从前，我也曾和美弥像现在这样一起走过。其实，我一直都不乏和她两人独处的机会，那种时候，她常会毫无顾虑地对我撒娇。我偶尔会想，为什么在增田前辈面前时她反倒不会露出这一面呢？

“内海学长也变了。”

“他挺有意思的呀。”

“感觉他变迷信了，真没劲。”

“哦，他好像是有点怕三岛女士。”

“上学时可不是这样的，那时他可豪爽了。是回到老家后，连人都变小气了吧。”

嘴上聊着这些，但我心中仍在担心增田前辈和琉璃。不知道他们现在在干什么，离开内海的店后一次都没有联系过，有点不对劲。

“要不要给增田前辈他们打个电话？”

“……要是打扰了他们多不好。”

“什么意思？话里有话呀。”

“你是在装作没发现吗？”

美弥的语气透着不悦。

“发现什么？”

见我这么说，美弥把昨天晚上的事告诉了我。

松本的旅店里，美弥和琉璃在睡前聊天时发生了争执。由于不满美弥对增田前辈的态度，琉璃罕见地对美弥发出了忠告。面对冗长的忠告，耐不住性子的美弥回了一句：“哟，还真没发现呀。”美弥之所以从今天早上开始就一脸不快，正是因为昨晚发生了这件事。

“那肯定是喜欢上了。”美弥说道。

我没说话，但心里还是有了些头绪。

琉璃是在增田前辈的介绍下到我们公司打短工的。她的工作是为建立杂志文章的数据库做先行准备，基本都是重复的机械性作业，并不困难。我就在杂志的编辑部工作，增田则是技术部门的负责人，所以我们常有和她说话的机会。记得工作时的她和在姐姐面前时的她可以说是判若两人。没有姐姐的束缚，她会放飞自我也是情理之中的吧。下班后她几乎从不马上回去，一有机会就会和增田前辈搭话。当时的我以为他们谈的都是工作或是未来发展的事，但……我没有选择继续发掘类似的记忆。

“你是不是有点儿想多了？”

“这还不够说明问题吗？”

“琉璃她是个认真的人，说那些话肯定是为了你这个姐姐好。”

“这种敷衍的废话你肚子里还真多呀。”

“过分了啊，别拿我来撒气呀。”

我们就这么你一句我一句地说着，走到了一条狭长的坡道前。坡道左手边是绵延的旧木板围墙，视线越过围墙能看到叶子如血般鲜红的树。爬完整条坡道后向左转，有家充满岁月感的西式咖啡馆。

美弥突然停下了脚步，透过路旁咖啡馆的飘窗向内看去。“喏，找到了。”她指着窗内说道。我顺着她的手看向店里，只见增田前辈和琉璃正把头凑在一起说着什么。

看到我们后，增田前辈站了起来。琉璃则仍坐着，还是一副垂头丧气的样子。

“我们进去吧。”

美弥说着推开了咖啡馆的门。

尽管我们和增田前辈他们终于重新聚到了一起，但没人有要开口的意思。美弥什么也没问，增田前辈也什么都没说，琉璃依旧低头沉默，我则边想着“这下可麻烦大了”，边看起美弥身后的墙。

墙上挂着一幅铜版画，画下方的金属铭牌上写着作者名“岸田道生”，以及“夜行——鞍马”这个标题。咖啡馆里的嘈杂渐渐从我耳中散去，我被那幅画紧紧地吸引住了。

那幅画灰暗又充满了神秘感。画上漆黑的山谷中有条公路穿插其间，公路的尽头隐没在一个黑暗的洞穴里，那是隧道的入口。隧道入口前站着一位长发的女子，正像打招呼般朝画外挥着右手。她脸上没有嘴和眼睛，像个模特假人，尽管如此，我还是觉得自己在哪见过她。

“是不是有点像美弥？”

想到这里，我的脊背突然凉了一下。

就像是有某种来历不明的东西，尾随在我们之后溜进了这家咖啡店一样。

○

开头我也说过了，旅行就像一种密室。

和增田前辈一行踏上的这趟飞驒之旅，给我的正是这种感觉。我们才远离了东京，就又撞进了一个更加狭小的地方。当然，增田前辈恐怕就是预见到了这一点才选择邀请我同行，我也是在知道他意图的情况下答应了他的邀请。

然而，事态似乎正逐渐超出我能掌控的范围。这间囚禁着我们的密室正越发昏暗，暗到我几乎看不清里面到底在发生着什么。三岛女士的登场自然是其中一个诱因，增田前辈、美弥和琉璃，他们三个的所作所为也决脱不了干系。

非要算的话，我说不定也有一份责任。谁还没有那么一两个秘密呢。

在那间咖啡馆中，美弥做了个有趣的提案。

“我们分头行动吧。那样也更有意思吧？”

高山本线经飞驒的高山站通向富山。在这段线路上，有个名叫“猪谷”的车站，就位于岐阜县和富山县的交界处，从高山站坐火车到那里大约只要一个小时。开车的话，走 41 号国道也能直达。

男生们坐火车，女生们开车，大家在猪谷站会合，怎么样？盘山公路和铁道，它们沿线的红叶景色肯定各有千秋——这就是美弥的提案。

琉璃车技很好，这一点倒无须担心。她常开车接美弥下班，据说偶尔还会独自开车去兜风。“我都可以。”琉璃说。美弥的本意其实很明显，就是支开我和增田前辈，跟琉璃单独谈一谈。我其实并不愿意，但最终增田前辈也站到了美弥那一边，行程就这么定了。

我们是在高山站和她们分手的。

“注意安全，慢慢开就好。猪谷站见。”

增田前辈在检票口说道。琉璃悄悄地点了下头。

于是我和增田前辈坐上了前往猪谷的车。

说实话，别说分头行动了，我简直想就这么回东京。

当然不是因为信了三岛女士的预言，我仍旧觉得“死相”什么的纯粹是蠢话，但就这么过完今天也着实令我不安。再这样下去就不是我能控制的了，我想。

对面座位上的增田前辈说道：

“抱歉啊，搞得这么尴尬。”

“真是烦死我了。”

我不客气地说道。这么对增田前辈一点儿都不过分。“为什么就不能去哄一下美弥呢？”

“我只是在等台风过境罢了。”

“就不觉得自己有点太没用了吗？”

“话真重呀，”增田前辈苦笑道，“谁让我就是这么个不成熟的人呢。”

“我都不知道能不能熬过今晚。要不我先回去算了。”

“别说这种丧气话。”

我不觉得仅凭这种短暂的分头行动美弥的心情就能平复。说不定她还会变得更糟。

车窗外早早沉入了暮色，红叶旺季过后的山林在暮色下透着悲凉。我默默地看着窗外，想起了我们租的那辆车，它正行驶在山另一侧的公路上。在那个密室中，美弥和琉璃又会说些什么呢？也许会重提起她们昨天晚上，在松本的旅店里展开的那场争论吧。

○

我们到达猪谷站时，天已经快黑了。

增田前辈和我挨着令人发颤的凉气走在站台上。四面的山将我们围在中间，黑色的山顶上是一条条白雪绘出的筋脉。站台空空荡荡的，一侧有数条铁轨伸向远方，沿着铁轨看去，能看到车站和矿山公司的员工宿舍。这里有着世界尽头般的寂静，我甚至开始担心，在这种地方下车真的没关系吗？去车站外看过后，我们发现琉璃她们似乎还没到。

“看来真是在安全驾驶啊。”

“还是有点儿担心。”

“没办法，慢慢等吧。”

我们在车站里边喝罐装咖啡边等，但琉璃她们的车却迟迟没有出现。四下越来越暗，四周大山漆黑的影子似乎正向我们压来。寒气向体内侵入得又深了一些。

“你怎么看三岛的预言？”

坐在车站长椅上的增田前辈低声说道。荧光灯清寂的光映在他的脸上，他正盯着咖啡罐。

“当然是不信啊。”

“我倒是也不信。”

“比起这个，我更想知道你当时为什么和琉璃一起在咖啡馆？”

“那件事啊，没什么为什么的。”

增田前辈说，当时美弥的态度让他很生气，于是他离开了内海的店去旧城遗址那边散步。就在他走进那家咖啡馆歇脚后，琉璃打去了电话。他把地点告诉琉璃后，琉璃一个人出现在了店里。

“就这么简单。”

“你还和琉璃一脸认真地说了什么吧？”

“没说什么大事，就是关于三岛的预言。”

增田盯着咖啡罐说道。

“她为什么会那么害怕呢？”

“我倒是一点儿都没往心里去。”

“但琉璃可像是怕得不行。这是为什么呢？她虽然是有些胆小，但应该没这么不理性才对。”

“嗯，只是她也有钻牛角尖的时候。”

太阳完全落了下去，车站外只剩下一片黑暗。

坐在如此冷清的场所的长椅上，我渐渐产生了一种说不清的感觉。也许再也见不到美弥和琉璃了——这种想法开始侵袭我的大脑。

会有这种想法，可能是因为学生时代那起失踪事件的记忆在我脑中苏醒了吧。在鞍马火祭上，长谷川失踪了。当时距离她的失踪已经过了六年。

我很少想起她的事，在我的记忆中，她的长相、声音都已经模糊不清了。也因此，每当回想起那一晚我都会惶惶不安，就像世界被掀开了一个大洞。这个被漆黑的山脉所包围的猪谷站，似乎正连通着那一夜的鞍马站。

我们抵达猪谷站后已经过了一个小时。

“再怎么说也太慢了。”

增田前辈念叨着走出了车站。

我想起了从内海那里听来的事，也就是，三岛女士发现自己能力的契机，是看到了她丈夫的死相。忽然我想到，会不会并不是三岛女士预言了她丈夫的死，而是她丈夫为了实现她的预言选择了去死？连我自己都觉得这是个荒唐的想法，但它同时又让我觉得无比真实。

我也走到了站外，增田前辈正笔直地矗立在停车场上。他视线的前方是一条连通国道的小路。黑暗中什么都看不到。

我站到增田前辈身边，看向那条小路尽头的黑暗。

“琉璃是不是喜欢上前辈你了？”

增田前辈看向我，脸上满是惊讶。

“怎么了？突然这么说。”

“因为听说昨天还因为这个事吵过。”

“谁说的？”

“美弥。”

“她是逗你玩呢吧。没想到你还真是个老实人。”

“真是这样吗？”

“当然了。”

“增田前辈也有不负责任的时候呢。”

“你到底想说什么啊？”

增田前辈发火的同时，小路尽头亮起了炫目的车灯，轮胎压在路面上的声响越来越近。看轮廓，是我们租的那辆车。

琉璃她们终于到了。

○

增田前辈换下琉璃坐上了驾驶席，我们一行向奥飞驒的旅店开去。看过地图的增田前辈说，只要沿着 41 号国道往回开一些，然后在神冈町转入 471 号国道就好了。“可能要一个小时吧。”

“天已经全黑了。”

“我会小心开的。你也帮我看着点。”

山影渐浓，山和天空的边界也模糊起来，红叶和其他的一切一同消失在了黑暗中。眼前蜿蜒的山路和一条接一条的隧道，让我们感觉就像在驶向更深的黑暗。

后排的美弥发出了熟睡的呼吸声。

“她肯定很累了吧。”

“总之安静了就好。”

我从后视镜中窥视起琉璃的脸。她一言不发地看向黑暗的窗外，白得发青的脸上多了许多疲惫的色彩。

为什么那么晚才到猪谷站呢？美弥和琉璃都没对此作出清楚的解释。多半是在半路上又吵了起来，不得已停了会儿车吧。从到达猪谷站时她们两人间的气氛来看，这一架恐怕吵得相当激烈。不过，这也是她们的一次发泄的机会吧。如今美弥已经睡着了，琉璃也是说睡就会睡过去的状态。看样子起码在抵达奥飞驒之前，我们都可以和平度过了。

我在副驾驶座上伸了个懒腰，打了一个大哈欠。增田前辈盯着前方说道：

“你别给我睡着了啊。你要是睡了，我就也睁不开眼了。”

“总觉得像是舒了一大口气啊。”

“谁让之前一直在担心出事呢。”

“真想快点儿泡进温泉里。”

我们视线里能看到的只有被车灯照亮的那一截国道，以及前方按一定的间距排列在一起的车尾灯光。从后视镜向后看，跟在我们后面的车也都保持着恰到好处的间距。我开始思考，大家都是从哪里来，到哪里去呢？这幅光景毫无现实感，似乎正将我引诱向梦乡。

我的意识逐渐模糊起来。

不知过了多长时间，某人在我耳边的一声悲鸣突然进入了我的意识，我“噌”地坐了起来。车内静悄悄的，只能听到美弥熟睡的呼吸声。车似乎停在了路边。

我的第一反应是已经到了温泉旅店，但车外并没有旅店应有的那种光亮。驾驶席上的增田前辈不见了踪影。从我们后方驶过的车先是用车头灯舔舐过我们的车内，之后给我们留下一对车尾灯的红光，逐渐驶入远方的黑暗。回头看向车后，增田前辈和琉璃就在车后，正从行李箱中翻找着什么。

我转回身子，呆呆地向前看去。

公路向漆黑的山谷间延伸，汽车一辆接一辆地从我们旁边开过，尾灯红色的灯光依次消失在隧道中，仿佛被吸入了黑暗的洞穴。

正当注视着这情景时，我忽然发现隧道入口旁有个白色的东西在飘动。会是什么呢？我直起身。那轮廓怎么看都像是个人。“真危险啊，站在那种地方干什么？”我这么想着，将眼睛聚焦向了那里，脊背瞬间颤了一下。

站在隧道口的人很像美弥。她穿着白色的衣服，朝我挥着手。

我急忙回头看去，美弥依旧在后排酣睡着。那么，那个人又是怎么回事？我再次转头看过去，隧道口的那个怪异的人影已经不见了。

我想起了在飞驒高山的咖啡馆看见的那幅铜版画。那幅画中也画了站在隧道口的女子。我可能是受了那幅画的影响，看走眼了吧。我试图这么说服自己，但心中还是留下了一种难以言喻的不快。

之后，增田前辈和琉璃回到了车里。

“出什么事了？”

“她胃不舒服，去找了点儿药。”

“对不起。”坐在后面的琉璃说道。她的脸色确实有些不好。

○

我们抵达奥飞驒的平汤温泉时已经过了晚上七点。可能是因为一路都是漆黑的山道，酒店街的灯火反而让我感觉有些异样，头晕目眩。就像误打误撞进入了世外秘境一样。街灯把雪照得闪亮，路旁的水渠里不断冒出着水蒸气。上午从松本去飞驒高山的途中曾从这里路过了一次，当时的感觉和此刻截然不同。

内海介绍给我们的旅店风格很怪。

其中最引人注目的，是大量的动物标本。大堂一侧有个占据了整面墙的玻璃柜，里面展示着无数的鸟兽标本。在增田前辈和前台男员工说话的时间里，美弥就像被魅惑了似的一直盯着那些标本。可能是在车里睡了一觉的缘故，她现在面色恢复了红润，言语中也多了一丝温柔。

“这里面都是尸体？太厉害了！不觉得还能听到它们的叫声吗？”

“真是很有冲击力啊。”

美弥指着一只身体细长的小东西问道。

“这个，叫什么？”

“可能是果子狸吧。”

终于，办完入住手续的增田前辈走了过来。我们在旅店员工的带领下前往客房。

走在长廊上时，旅店内另一栋楼的光穿过中庭照了进来。然而，那栋楼的窗内虽然不断流出着璀璨的光，却不见一个人影。旅店的长廊中也是无尽的寂静。

客房是典型的温泉旅店风格。宽敞的榻榻米房间里摆着桌子、电视和存放贵重物品用的保险箱。窗户一侧的宽檐廊上面对面地摆着两只藤椅，玻璃桌上还有一只烟灰缸。不寻常的是，这里在壁龛中也摆上了标本[1]。“唉！”美弥轻叹了口气，坐到了藤椅上。

“好了，咱们赶紧去泡澡吧。”

我从衣橱里拿出了浴衣。美弥正看着窗外的黑暗。“我先休息一下。”她说。

“琉璃你呢？”听增田前辈这么问，琉璃盯着壁龛里的标本默默地摇了摇头。

“那我们去去就回。”

之后增田前辈和我一起走出了房间。

走下楼梯，穿过一楼的整条长廊，就是露天温泉。这里除了我们之外没有别人。翻腾的水蒸气舔湿了岩石的肌肤，升到漆黑的夜空中化作一团蒙雾。我们的身体一下子就被温泉浸润了，身心全都舒缓了下来。

“真是好温泉啊。”增田前辈说。

“活着真好啊。”我说。

“死相……么，”增田前辈低声说道，“那女人说话还真是讨人厌啊。”

“我的脸，你怎么看？”

“起码看不出要死的样子，还挺有活力的。”

泡进热腾腾的温泉后，三岛女士的话给我带来的不祥感似乎都淡了很多。

“你不觉得美弥她们像是恢复和平了吗？”

---

[1] 日式房间中常设置有壁龛，壁龛中一般放的都是字画等具有日本文化特色的装饰品。

“你也发觉了啊。”

“到这儿后，感觉美弥变温柔了。”

“她们就是把话说开了吧。我早就说了。琉璃其实也没必要忍的，真想爆发的话，就让它爆发出来好了。”

“又在说不负责任的话了。”

“谁让我是个爱好和平的男人呢。”

为什么增田前辈和美弥至今没有分手呢？这一点我一直不懂。其实我一直自负地认为，如果是我的话一定能牢牢地掌控住美弥，但我也绝没有进一步踏入这份关系的想法。因为我知道，一旦陷进去，我恐怕就会变得和如今的增田前辈一样，再也没法把握住美弥的心。

我看向逐渐飘散在奥飞驒黑暗中的水蒸气，大脑渐渐停止了运转。此刻，我舒服得甚至忘记了自己正泡在温泉中。

“这就是我说的‘台风过境’啊。”

增田前辈说着，将手伸向了岩石上的积雪。

○

我们回到房间后，屋内的桌上已经准备好了四人份的晚餐。

我惊讶地发现，琉璃仍保持着和我们出门时相同的姿势坐在那里。不论是丢在一旁的旅行包，还是她看向壁龛的眼神都丝毫没有动过的痕迹，就像是时间静止了一样。只有两件事与之前不同：琉璃的眼中充盈起了泪水，以及先前坐在窗边藤椅上的美弥不见了踪影。

“怎么了？和美弥吵架了吗？”

增田前辈担心地问道。琉璃听到后像是突然回过了神，眨了下眼睛擦去了眼泪。但她依旧没有开口告诉我们发生了什么，只顾看着增田前辈。

“美弥去浴池了？”

琉璃默默地点了下头。

于是我们等起了美弥，但过了许久都不见她回来。即便是我们回来时她才刚出门，这时间也太久了。

增田前辈坐在藤椅上发呆，我躺在榻榻米上看着天花板，琉璃则青着脸坐在房间一角。不知从哪里远远地传来了救护车的警笛声，声音忽远忽近响个不止。由于旅店内太过安静，所以耳朵不由得便被那声音吸引了过去。为什么它会一直这么开个不停呢？

“美弥真慢啊。”

我说完，琉璃突然开了口。

“姐姐不会回来了。”

“为什么？”

“发生了一些事，不好的事。”

“什么不好的事？”

增田前辈语气强烈地问道。

琉璃挺直了背，两手放在膝盖上。我总觉得她的表情好像发生了变化。她抬起头，紧盯着增田前辈。

“姐姐死了。因为她脸上出现了死相。”

增田前辈好像呆住了。

“你还在想三岛的预言吗？”

听到这句话，琉璃似乎冥思苦想了一阵，之后说道：

“你……不觉得她的预言已经成真了吗？”

“你一定是累了，休息一下比较好。”增田前辈说着拿起了电话听筒。他应该是想让前台来把床铺上吧。我劝琉璃先枕在坐垫上躺一会儿，结果她意外地听话，躺下紧紧闭上了眼睛。

增田前辈挂上电话站了起来。

“打不通。我去一趟前台，顺便找找美弥在哪。”

我慌忙抓住他浴衣的袖子。

“这是怎么回事啊？”

“琉璃她只是有点害怕。”

“那可不只是有点害怕的样子啊。”

“我也不知道究竟是怎么回事啊。但美弥没可能就这么死了吧。”

增田前辈急躁地说完后出了房间。

我坐到了美弥坐过的藤椅上。

过了二十分钟，增田前辈还没有回来。我担心起来。怎么会去这么长时间呢？去前台拜托他们来铺床而已，并不需要什么复杂的沟通。即便说是去找美弥，也不至于从旅店的一头开始一间房一间房地找吧。

“我也去看看是怎么回事。”

对琉璃轻轻地说完，我也走出了房间。

走向前台的过程中，我再次意识到，这旅店真是安静得出奇。我甚至有种被这安静压迫得难以动弹的感觉，就像玻璃柜中的那些标本一样。仔细回想一下，这种压抑的静谧自从我们抵达这里时就一直存在。在这里我还没见过其他任何一位客人。但我并不相信如此之大的旅店中只住着我们几个人。

昏暗的大堂里没有一个人影，在前台喊人也得不到任何回应。一路上都没有看到增田前辈。我无意中瞥了一眼鞋柜，里面他的鞋没有了。

“他去外面了。”

这句话突然从我身后传来，我猛地一惊。

我看向身后，发现琉璃站在那里。

“增田前辈去旅店外面了。”

听起来就像她知道增田前辈去了哪里一样。

从玄关的玻璃窗看向外面，停车场上孤零零地亮着一盏路灯。迷蒙的灯光下渐渐飘舞起雪花。即便琉璃这么说了，也完全说不通。我想不出增田前辈为什么把我们留在房间里，自己去到了外面。再说，在如此的寒风中只穿一件浴衣就跑到户外，本身就不可能。

这时琉璃抓住了我的胳膊。

“我们回房间去吧。”

不知是不是因为寒冷，她正颤抖着。

○

房间中不见美弥和增田前辈的影子。

琉璃和我面对面地坐在藤椅上，等那两个人回来。她的表情就像是断了某种念想一样，双眼定定地看向漆黑的窗外。

不知不觉间这条温泉街上的灯火消失了，黑暗在窗外蔓延开来，和山的影子融为了一体。没有了街市灯火的奥飞驒整个沉入了黑暗之中，这黑暗浓稠得似乎用手就可以触碰到，仿佛一旦打开窗户它们就会像烂泥一样漫进屋内。美弥和增田前辈简直就像被黑暗吸了进去。想到这里，那一夜在鞍马发生的事再次浮现在我的脑海中。

“那是六年前的事了，当时我的一个朋友消失了。到现在都下落不明。”

我对琉璃说起了那件事。

“那晚我们是一起去看鞍马火祭的。”

“……那个人死了吗？”

琉璃问道。

“怎么会。”我说，“就只是消失了而已。消失，并不等于死了。我觉得那个人如今仍活在某个地方。”

“那是位女性吗？”

“是的。”

“你喜欢那个人吗？”

“……谁知道呢。”

我试着回想长谷川的脸，但一点儿都没能想起来。我记忆中的她就像咖啡馆铜版画上的那位女子一样，没有五官。长谷川诚然是很有魅力的女性，但她身上有种令人难以接近的气质。可能是怕生吧。记得有次我试着和她套近乎，结果被她不留情面地顶了回来。尽管我们作为口语培训班的同学也会有一些正常的交流，但我总觉得她对我有所戒备。

“不谈这事了，也蛮不吉利的。”

明明是我自己挑起的话头，可我却突然厌烦起来，于是结束了这个话题。

“总之明天就回东京了。”

“真的吗……”

琉璃用疲倦的表情看向我。

做出这个表情时的琉璃像极了美弥。从这表情上来看，她就像全身都卸了力气一样，似乎接着就会滑入我的怀里。美弥常用这种表情看我。姐妹相像是理所当然的，但我却因此吃了一惊。因为琉璃在我面前时总是紧绷着神经，绝不会向我展现她真实的面孔。

有那么一瞬间，我甚至以为坐在我对面的就是美弥。和美弥像这样面对面坐着的经历，迄今为止有过数次。只是，那是只属于我和美弥的记忆。

“武田你也是个不负责的人呢。”

突然被琉璃这么一说，我有些怔住了。

“这就是你对我的评价？”

“……还总想像这样笑着糊弄过去。”

“我倒不是打算糊弄，只是不知道你想说什么。能说得具体点儿吗？”

“算了，也无所谓了。”

“我听着可不像是无所谓啊。”

“不论增田前辈、姐姐还是你，都是不负责任的人。看到错误只会放任不管，总想着会有别人来解决，在那之前得过且过就好，还摆出一副泰然自若的嘴脸。表面上装得成熟，真遇到不好的事情立马就推到我的身上。”

“你应该是累了吧。”

“不就是你们把我搞得这么累的吗？”

琉璃筋疲力尽地在藤椅上闭上了双眼。

正如她所说，我是个不负责任的人。我并不是以为只要承认就能获得免罪金牌。我只是觉得不论我认没认识到自己的错误，都不影响我给他人带去了痛苦这个事实。说实话，即便被琉璃这么当面骂了，我也只会在嘴上安抚一下她，而心里想的则只有“真麻烦啊”。这就像把自己的残忍拿到手上冷静地把玩一样。

“姐姐已经死了。真可惜呢。”

琉璃用冰冷的声音说道。

我稍微加强了一些语气。

“你适可而止吧。”

“你看，三岛女士说对了呀。”

“你信了那个可疑大妈的话？真不像你啊。”

“你明明根本就不知道我怎么才算像我。”

琉璃的声音中隐藏着某种异常的力量。

“刚才姐姐出门时，用特别温柔的声音和我说了一句话。‘对不起。’那一刻我心里明白了。‘啊，三岛女士说得没错。’这个人已经不是我姐姐了。我的姐姐已经死了。”

“美弥给人的感觉好像是变了。肯定是因为她在车里睡了个好觉吧。”

“……那山路真的很暗呢。”

琉璃说道。

“走过那段山路后，我们这是到了哪里呢？武田，你觉得这里真的是奥飞驒吗？”

琉璃在藤椅上蜷起了身子，像是在憋笑。但随后我发现，她是在忍受着痛苦。汗珠从她额头上冒了出来。

我飞奔到电视旁拿起电话。

把听筒放到耳旁后，里面只有纷乱的杂音。杂音深处似乎还混杂着某个人的悲鸣。那声音听起来很像琉璃。为什么电话另一端会传来她的声音呢？

我惊恐地将听筒从耳边拿开，屋内瞬间恢复了寂静。

而藤椅上的琉璃已经没了踪影。

○

不知道过了多长时间。

我独自穿过长廊到了温泉边。

一个人泡温泉时，脑海中会浮现出许多旅途中的情景。既有停在前往飞驒高山的山路旁的厢型车，又有挂着奇妙的铜版画的咖啡馆，还有日暮时分在山间公路上川流的那一列车尾灯光。这一路真是看到了很多东西呢，我想。

从露天温泉向上看去，漆黑的夜空中一颗星星也没有。白色的水汽蒙蒙地向上飞去，最终消失在无尽的黑暗中。

不知为何，我心中突然涌起了无以复加的孤单。

就像小时候突然从午睡中醒来时的感觉一样。家里空空荡荡的，家人全都不知去了哪里。没人能告诉自己这是什么地方。外界的一切都在有条不紊地进行着，只有自己被抛在了一旁。就是这样的感觉。

我们一定是在某个地方走上了岔路，我想。

忽然，露天温泉的岩石堆另一侧有个人站起了身。那逐渐从水中露出的身体有着柔美的线条，还带着微光。她走了过来，水珠从她充满光泽的身体上不断滴落。看到她的脸后，我开心起来。

“美弥，原来你在这里啊。”

“我就在这里呀。”

“我等了你好久。”

美弥没再说什么。她走到我身边，身体浸到水中，接着把脸贴在我的肩上，闭上了双眼。我想起，我们上次将身体贴得如此之近已经是很久前的事了。

第三夜 津轻

"那是三年前的二月，我去青森时的事。"

第三个开始讲述的是藤村。

我现在还记得，在口语培训班等待上课的时候，藤村会为了打发时间在大学的笔记本上画画。我见她专注地写写画画个不停，不禁好奇她到底在干什么，结果发现她是在凭记忆画贺茂大桥周边的风景。听过我的感叹后，她小声说："我小时候特别喜欢这样。"

只是，她现在似乎对亲自画画这件事没有小时候那么痴迷了。

"现在我只看画。"她说。

听说她毕业后去了银座的画廊工作，我感觉很能理解。

由此开始是藤村的话。

○

我丈夫是个铁道迷，每年都会和朋友坐火车旅行一两次。如果时间合适，我也会加入他们。我父亲是个会订铁道杂志的人，所以我说不定也有些这方面的潜质。用我丈夫的话说就是，我体内流动的血液中的铁含量多于常人。不过尽管如此，在旅程规划方面我基本是个甩手掌柜，要去哪些地方都是由丈夫他们决定。

以前他们制订的行程安排就像急行军一样，几乎全程都在火车上度过。我加入之后，他们稍微收敛了一点儿。儿岛君常因此半开玩笑地说："前辈都变圆滑了。"

这个叫儿岛的是我丈夫的同事，每次铁道旅行他都会同行，车票和住宿也都是他帮我们订。他也常拿着喜欢的红酒到我们家玩，还会特地跑到我工作的画廊看展，感觉就像我的弟弟一样。

一天，我们三个像往常一样喝着酒时，聊到了夜行列车。

"玲子姐没坐过吗？"儿岛君好像特别意外，"真可惜啊。"

"这可不行啊。"我丈夫说。

儿岛君点了点头。

"要说夜行列车，肯定是从上野站出发。"

"多妙啊。穿过县境上长长的隧道，便是雪国……"

"而且非冬天坐不可。冬，曙为最[1]。"

他们俩的这段对话在我听来就像天书一样。"你们到底在说

---

[1] 此句改自清少纳言代表作《枕草子》的第一句"春，曙为最"，原意为"春天是破晓的时候最美好"。

什么呀？”我笑着问道。儿岛君告诉我：

“‘曙’是卧铺列车的名字。”

那班列车连接着上野和青森[1]，晚上九点前后从上野站发出，穿过越后汤泽[2]后沿日本海的海岸北上，次日早上十点左右抵达青森。丈夫和儿岛君一同劝我说，历史悠久的卧铺列车如今正逐渐面临停运，所以最好趁现在坐上一次。无非是他们两个自己想坐了吧。

我于是说：“那就坐吧。”

“儿岛君，车票就拜托你了。”

我丈夫说完，儿岛君回了一句“收到”。

一向是这样。

○

二月上旬的一个晚上，丈夫和我来到了上野站。

夜间的上野站萦绕着寂寞的氛围。站台上的灯光显得有些昏暗，冷风似乎正从铁道尽头的黑夜中灌入车站。

当看到老旧的蓝色卧铺车“曙”号驶入站台时，我突然感到了一种强烈的不安。仿佛这里不再是东京，仿佛我此刻正独自站在最北端的一个小镇上。

“为什么会觉得这么孤独呢？”

“这就是夜行列车的妙处所在了。”丈夫似乎很高兴，“这情

[1] 青森：青森县，位于日本本州岛北端，与北海道隔海相望。

[2] 越后汤泽：位于日本新潟县。川端康成《雪国》的取材地。

怀真是难以抗拒啊。”

但我所感觉到的孤独似乎不同于丈夫口中的情怀。这种孤独感十分真实，就像小学放学后独自走很远的路回家，看到蓄水池堤坝上自己拉得长长的影子时的感觉一样。我不知道自己为什么会有这种感觉。我的心情变得有些低沉，直到提着红酒的儿岛君出现在站台上，这种孤独感才散去。

儿岛君像是直接从公司过来的，外套下还穿着正装。“差点儿就赶不上车了。”

尽管如此也没有忘记带车上喝的红酒，真不愧是儿岛君。他说自己预先买好了酒，和旅行包一起存到了储物柜里。

上车后，确认完单人包厢位置的儿岛君和我说：“玲子姐，和我换个包厢怎么样？我那间更好，是朝向日本海那边的。”

因此我和儿岛君交换了车票。

晚上九点十五分，卧铺车从上野站出发了。透过夜行列车的窗户向外看去，平时早就看惯了的东京街道此刻散发着一种不同的气息。我们三个聚在儿岛君狭小的单人包厢里，边看着窗外，边举起红酒碰了下杯。

“明天就能抵达津轻铁道的终点了。”

可就算我问“那里有什么”，儿岛君也只会歪着头思考“那里会有什么呢”，丈夫则更是只会傻傻地说：“我哪儿知道。”他们每次都是如此，我也每次都对这两个家伙深感佩服。

“总之，抵达终点这件事本身就有着它的意义。”儿岛君说，“如果只是平庸度日的话，是绝对没机会抵达津轻铁道的终点的。而我绝不要那种平庸的人生。”

“儿岛君，说得好！”

“好吧好吧。那，明天要早起吗？”

儿岛君和我丈夫兴冲冲地看起时刻表来。

在铁道旅行中，丈夫和儿岛君总会看着时刻表展开讨论。我很喜欢看他们两个这样，所以常会提一些诸如“别的路线更好”“我想在这儿多待一会儿”之类的任性意见。丈夫他们听了虽然会面露难色，但他们随后翻开时刻表调整行程的样子，明显是乐在其中。

明天先坐一下在津轻铁道上行驶的炉子列车[1]，之后去青森市内看一看三内丸山遗迹[2]，最后入住酒店。在我们定行程的时间里，夜行列车已经过了大宫站，正向高崎驶去。关掉了车里的灯后，车窗外陌生城市的街灯流逝而过，显得异常美丽。今夜在上野站感受到的那种孤独感再次悄然袭来。

丈夫啜饮着红酒，叹息般地说道：

“坐上夜行列车，就感觉是要去很远的地方。”

车外的街市传来的微光轻抚着我们的脸颊。

○

“穿过县境上长长的隧道，便是雪国。夜空下忽地泛起一片莹白。”

---

[1] 炉子列车：津轻铁道公司的特色列车，在车内设有一个烧煤的小炉子，用来给乘客取暖及加热饮品。

[2] 三内丸山遗迹：位于日本青森县青森市，日本最大的绳文时代村落建筑群遗迹。距今5500年至4000年。

这是川端康成[1]的小说《雪国》中的名句。

"'夜空下忽地泛起一片莹白'，写得太棒了。真的是这样。"

我们行驶在通向越后汤泽的漫长隧道中时，丈夫轻声感叹道。

时间已经不早了，儿岛君买来的两瓶红酒全都被喝了个精光。不知是不是累了，丈夫打了个长长的哈欠，儿岛君则少见地一言不发。隧道的墙壁逼压着车窗，漆黑的客房中有种莫名的窒息感。

这时丈夫忽然拉住了我的手。

"就快了。"

穿过长长的隧道后，夜空下一片白茫茫。

车窗外的景色摇身一变，我们仿若蹿进了另一个世界。我屏住了呼吸。在窗的那一侧，无垠的山野都披着白衣，积雪覆盖下的人家亮着灯火，就像记忆中的童话插图一样。隔着厚厚的车窗似乎都能感受到冬夜山村的静谧。雪隐隐地反着白光，透过车窗将包厢映得发青。这个瞬间，我感觉一切都是那么神秘。

"好想站在外面的风景中啊。"

我看着雪景，叹了口气。

"这次只能这么开过去了，不过总会有机会的。"

"要按我的经验来说，这种愿望大抵上都会实现的。"儿岛君说道。

---

[1] 川端康成（1899—1972）：日本文学界泰斗级人物。1968年凭《雪国》《古都》《千只鹤》等作品获得诺贝尔文学奖，是亚洲第三位获得诺贝尔文学奖的作家，也是日本第一位诺贝尔文学奖获奖者。

"'要在那个车站下一次车吗？''车窗外的那个究竟是什么东西呢？'每当我们心中闪过这些想法，我们几乎都注定会在日后前往那里，即便当时认为自己不会再去了。这真的很神奇。简直就像被命运拴在了一起。"

"因为儿岛君是个浪漫主义者呀。"

"我觉得可能不只我会这样。"

"是个血液中铁含量丰富的浪漫主义者呢。"

丈夫和我相视而笑。

忽然，包厢内亮得如同白昼。浸染着包厢的白光消失了，儿岛君讶然失色的脸被映得像红芸豆一样。一切都发生在转瞬间，我和丈夫将视线移向窗外时只看到了一团烈焰，它吹起的火星正向森林黑暗的深处远去。接着，烈焰也消失在了黑暗中，包厢内再次被白色的雪影淹没。

"刚刚那是什么？"丈夫低声问道。

"好像是场火灾。"

儿岛君瞪大了眼睛说道。

他说，在那片昏暗的森林的一角有片积了雪的平地，平地上有栋房子燃着大火，好像是民宅。"只是以失火来说，那气氛太过静谧了。"他说道。四周的雪原与冬日的枯木全被火光染成了橘色，简直就像梦中的景色一般。"房子旁还站着一个女人，像是在朝我们这边挥手。"

"别说了，儿岛君。"

我后背有些发凉。会有人眼见着自家的房子被烧，还对驶过的夜行列车挥手吗？还是说，她那是在求救？

但丈夫似乎根本就不相信儿岛君的话。

“你又想女人了吧。”

“能不在玲子姐面前说这些吗？”儿岛君嘟着嘴不满地说道，“我可是个绅士。”

“绅士就不会有妄想了吗？”

“即便有，我的妄想也都是健康向上的那种……”

“向夜里驶过的列车求助根本没有意义吧？有那工夫还不如叫消防队。”

“她倒也不像是在求助。就像……”

儿岛君想要说些什么，但这句话到此便戛然而止了。“算了吧。”他低声说道。

之后我们回到了各自的包厢。没能习惯夜行列车颠簸的我久久未能入眠。当我在狭窄的卧铺上辗转反侧时，不知为何眼前不断地浮现出那场火灾的景象。一栋民宅在夜幕下燃着烈火，那景象就像我亲眼看到的一样清晰。

最终我放弃了抵抗，坐起来看向车窗外向后飞逝的昏暗景色，之后喝了些从上野站的商店里买的瓶装水。包厢墙壁上的扩音器中传出微弱的古典音乐，和火车不断轧过铁轨发出的单调声响混杂在了一起。

凌晨两点时我去了一次洗手间。

洗完手准备返回包厢时，我看到了儿岛君的身影。他站在两节车厢的连接处，透过小窗看向车外，眼神像没睡醒一样呆滞。

“儿岛君，你在这儿干什么呢？”

“感觉有点儿喘不过气。可能是喝多了吧。”

接着儿岛君用一种奇异的眼神看向我。

“我一闭眼就会看到那栋房子，睡不着。”

“那栋房子，是说刚才着火的那栋？”

“玲子姐，你真的什么都没看到吗？”

“当时我正看着你们两个的脸呢，而且我们不是一瞬间就开过去了吗？”

“前辈他可能不会相信吧，但我真的看到了。那栋着火的房子旁站着一个女人，就这样举着手，像是在召唤我……”

说到这里儿岛君叹了口气，用开玩笑的口吻说道：“我都醉得有点不正常了。”

“真不舒服的话要跟我们说哟。”

“谢谢。我没事的，应该。”

走进自己的包厢前，我再一次看向儿岛君。他倚在震动着的车厢上，脸上不安得就像个被遗弃了的孩子。

○

抵达奥羽本线的弘前站时已经过了早上九点。

津轻铁道是一条连接着五所川原站和津轻中里站的当地铁道线路，作家太宰治的故乡也位于这条铁道沿线。从弘前站到津轻铁道的始发站五所川原需要半小时左右。我们手忙脚乱地跑下夜行列车，换乘五能线上行驶的普通电车。

丈夫随着电车摇晃频频打起哈欠。他这个人虽喜欢夜行列车，却也没法在夜行列车上睡着。

“光是看窗外的景色我就很开心了，别的都无所谓。”

丈夫嘴硬道。

我昨晚在不知不觉间睡着了，所以现在很清醒。令我意外的是，儿岛君同样一副没事儿人的样子，似乎已经把昨晚的事忘得一干二净了。

在五所川原站下车踏上津轻铁道的站台时，北国清晨凛冽的空气和夹杂其中的雪花，吹走了我体内最后一丝困意。车站栏杆的另一侧，五所川原的街市被上空的灰云压得气息奄奄。一位手拿信号旗、脚穿长筒靴的年轻站务员踩在铁路旁的积雪上，注视着驶来的炉子列车。站在冻得硬邦邦的站台上看着如此光景，让人不禁感觉北国的寒意已经沁透了自己的全身。

“真冷啊，毕竟这里已经属于青森了。”

丈夫开心地说着没有营养的话。

炉子列车是种老式列车，坐上它有种穿越了时空的感觉。车厢里木质的地板已经被浸湿，细雪从旧窗棂的缝隙间飞入车内。不过，炭火炉的周围十分温暖。我们占了炉子旁的座位，每人分了一小瓶在车里买的日本酒。大白天喝酒正是旅行的妙趣，丈夫对此非常满意。

列车从五所川原站出发，行驶在一望无际的白色雪原上。雪不停地从灰蒙蒙的天空中落下，和被列车卷起的雪花混在一起，从车内看去，外面就像在下着暴风雪。透过这层雪织成的白纱看向远处，民宅和工厂的屋檐低低地连在一起，就像一个个被随手扔在地上的深色火柴盒。被埋在雪下的农具小屋和水渠闸门从车窗外一闪而过。看着这幅风景，儿岛君忽然说了一句话：

“那栋着火的房子是怎么回事呢？”

我猛地一惊。

“又来了，儿岛君。”丈夫说道。

“比起着火的房子，那个挥手的女人更让人在意吧。”

“这倒也是。”儿岛君说。

“以你的理论来说，我们有一天会去到那里。”

“不过，也确实有点儿难以想象。我们真的会去越后汤泽的深山里找那么一栋房子吗？何况那房子应该已经烧成灰了。”

说完，儿岛君将视线转向窗外。

“但是，我总觉得那会是个很漂亮的人。”

“……你还真在想那种事啊。”

“谁让我是个妄想家呢。”

列车长走进车厢，默默地往烧热的炉子里添着石炭。我把被炭火炉和日本酒弄热的脸贴在车窗上，闻到了一种冬天冰凉的玻璃弹珠的味道。这种令人怀念的味道似乎将我带回了孩提时代。

终点站津轻中里站是个小车站，下车的人影稀稀落落。

我们走出检票口进了候车室，在候车室火炉旁的那圈长椅上坐着两位矮小的老奶奶。她们穿着长靴披着披肩，长相像双胞胎一样。蒙着水汽的玻璃门反着耀眼的光，将两位窃窃私语的老人映得只剩一个剪影。

“我们坐下一趟车回去吧，还有三十分钟的时间。”

儿岛君说道。

“稍微走走怎么样？”

于是我们开始沿站前的小路散步。

走过町政府后，不时能看到正在营业的小商店、理发店或者弹珠游戏厅。路上几间庭院繁茂的古宅，似乎彰显着这个城镇过往的繁荣。但路上几乎没有往来的行人，只有满载着灰色的雪的卡车偶尔从我们身边开过。这是个静得能听到自己脚步声和喘息声的城镇。濡湿的柏油路两侧，灰色的雪冻得结结实实。空中飞落的雪越来越冲。

丈夫像个孩子一样抖落头上和围巾上的雪。

简直就像走在梦中的小镇一样。

○

“要从这儿拐个小弯。”

儿岛君说。

“这边，这边。”

那是条从废弃了的旧理发店旁延伸出去的小路。丈夫追在领路的儿岛君身后，脸上露出诧异的表情。儿岛君的举动确实有些不自然。他明明是第一次来到这个城镇，却好像知道要去哪里一样。

穿过遍布民宅和公寓的小巷后，是一片覆满了雪的空地。丈夫有些出神地低声问道：

“儿岛君，你要干什么？”

儿岛君向着空地另一侧的一栋民宅走去。

那是一栋与北国风光明显不相符的、气派的二层小楼。绿色的三角屋顶有些褪色，白色的外墙上有一块巨大的污渍，就像巨人的影子。这栋房子有很多扇窗，但每一扇都遮着厚厚的窗帘，不像有人居住的样子。就像高原地区废弃的民宿一样——刚想到这里，我背后突然升起一股恶寒。

“我见过这栋房子。”

我不知道自己为什么会这么想。

丈夫好像没注意到我的样子。他走近站定了的儿岛君，问他：“怎么了？”

转过身来的儿岛君眼神迷离，表情和我今天凌晨见到他时一模一样。他无意抖掉身上的积雪，无言地看着我们的脸，之后再次看向那栋房子。

“玲子姐，你对它有印象吗？”

儿岛君说道。

“这就是那栋夜里的房子啊。”

听到这句话我怔住了。

去年年末画廊中的一幕在我脑海中苏醒了。

那时，我工作的画廊开办了铜版画家岸田道生的画展。岸田在他京都的工作室中创作了名为《夜行》的系列铜版画，但这些谜一般的作品发表时，他已经去世三年了。负责管理他作品的是京都的柳画廊。从我们社长父亲那一辈开始，我们画廊就和柳画廊有了紧密的合作，能够在东京举办这个画展据说也是因为这份关系。社长任命我来负责和柳画廊进行协商，当时展出的《夜行》系列作品中，有一幅名为《津轻》的铜版画。此刻我们眼前的这种房子，和那幅画中的房子一模一样。

画展准备工作完成的那天傍晚，儿岛君来了我们画廊。记得我们两人一起看了那幅铜版画。

“儿岛君，你为什么要来这儿？”

“没有为什么的。”

儿岛君一动不动地仰视着这栋房子。

雪下个不停，丈夫和我躲进了水泥箱一样的车库中。我边掸落身上的雪边环视四周，这个车库空空如也，只在湿润的水泥墙角摆着一辆生锈的儿童自行车，和一只装着灰烬的铁桶。“好想点个篝火呀。”我的声音在萧瑟的水泥墙间回荡。

“这里是不是没人住啊？”我问。

“看着像。那又怎么样？”丈夫生气地回答道。

“儿岛君是怎么了？刚才他说的是什么意思？”

我向丈夫讲了那幅铜版画的事，丈夫听完歪头思考起来。之后他说：

“真是太巧了。”

“所以我从刚看到这栋房子开始，就有种奇怪的感觉。”

“也就是说，那个画家来过这里？我倒没觉得这房子有什么值得画的。”

“咚咚”，我们听到有人在敲玄关的门。从车库向外看去，刚刚站着不动的儿岛君没了踪影。看来他是想和住在这里的人打声招呼。

“他在干什么呢？”丈夫嘟囔道。

那幅美丽的铜版画再次浮现在我眼前。

天鹅绒般质感的黑色背景，就像是永无止境的夜。夜幕下，有一栋仅用不同浓淡的白色描绘出三角屋顶民宅。民宅二楼的其中一扇窗户中，一位没有脸的女性正探出身子挥着手，仿佛是在从画中向我打着招呼。

忽然，丈夫用严肃的语气说道：

“不觉得有点儿不对劲吗？”

听他这么一说我才意识到，儿岛君敲门的声音变得异常地大，沉闷的“咚——咚——”声传入了车库。他在干什么？那声响明显脱离了常态，简直像某个处在恐怖深渊中的人，正发狂了似的想要砸破大门。

“那家伙出什么事了？”

就在我们飞奔出车库的瞬间，砸门的声音戛然而止。这栋三角屋顶的房子再次恢复了寂静。窗户关着、窗帘直直地下垂，就像一个人闭着双眼站在漫天的飞雪中。玄关的门仍然紧锁着，儿岛君不见了。

○

我们边喊着儿岛君的名字，边绕那栋房子转了一圈。房子背后有一片覆盖着积雪的土地，不知是田地还是庭园。土地的围栏外是一片错落着民宅的杂木林。这栋房子从背面看上去还是那副模样，让人甚至分不清哪面是前，哪面是后。房子背面的窗户也关得严严的，拉着窗帘，不像有人居住。绕房子转了一圈后，我们再次来到玄关前。

丈夫掸着我头发上的雪说道：

“我们跑出车库的前一秒，儿岛君还在敲门。他应该没时间藏起来才对。”

“那他是进去了？”

“没准玄关的门没锁，儿岛君发现后就溜了进去，然后在屋里看我们急得团团转的样子。”

“但是，那不就成了私闯民宅了吗？”

“确实不像是儿岛君会做的事。”

丈夫走到玄关前，握住门把手摇了两下。门的确是锁着的。我们又给儿岛君的手机打了电话，但他似乎关机了。

“喂！有人吗？”

丈夫拍着玄关的门问道。

“看来真的是没人。这到底是什么情况啊？”

我们面面相觑不知所措。

但还不至于现在就报警。说不定儿岛君有些私人的事情要处理。不过，我们就这么在雪中一直等下去也不是事。丈夫提议“先回车站吧”，我也表示赞成。车站里有暖炉，还能喝些热的东西。

“说不定还没到车站就联系上儿岛君了。”

雪下个不停，丈夫先迈开了步伐。

我试图跟上他，但脚步突然停了下来。

不知为什么，我总觉得自己遗漏了某些非常重要的事。我也想不出遗漏的到底是什么。我像被什么东西吸引着似的折返回去，走到了玄关的门前。我从容地敲了几下门，之后侧耳倾听。不久，门内传来“咔嗒”的一声。

我伸手握住了门把手。冥冥中似乎有个声音告诉我，锁已经开了。尽管如此，我却没有打开门的勇气。这栋房子里似乎有某种东西正隐藏着气息，准备在我开门的一瞬间把我掳进屋内。我攥着门把手，像被束缚在了原地。

忽然有人抓住我的肩，把我从门前拉开了。

“离开这里，快。”

听到丈夫的声音我回过了神。我正被他拉着往前走，离那栋房子越来越远。之后听了丈夫的话我才知道，当时握着门把手的我就那么一脸茫然地站着，对丈夫的呼唤一点儿反应都没有。尽管我自己觉得那只是一瞬间的事，但实际上似乎已经过了很久。

走在雪中，我远远地回望向那栋三角屋顶的民宅。雪幕的另一侧，那栋房子似乎再次闭上双眼，睡了过去。

距离下一班列车还有一个多小时，津轻中里站没有一个人。我在候车室的炉子前举着手烤火，丈夫去自动售货机买回了罐装咖啡。暖意似乎正渐渐渗入我的身体。丈夫在候车室中心神不宁地徘徊着。

“我们原本能坐上前一趟车的。”

“……真是遇上了怪事啊。”

“那栋房子是怎么回事？为什么儿岛君要把我们带到那里去呢？”

我回想起昨夜站在夜行列车过道上的儿岛君的身影。感觉从那时开始，儿岛君的样子就已经有些不寻常了。他那张不安的面孔再次清晰地浮现在我眼前，看起来就像在深夜里被遗弃的孩童一样。

“那栋房子确实很奇怪。”丈夫说道。

“回来的路上我远远地回看过去，只有那栋房子的屋顶上没有积雪。雪下得这么大，多少也应该积了一些才对。难道是在房顶下面装了暖气吗？但又不像有人住的样子。”

丈夫自言自语似的说了一大段话，之后又低声说了一句：“儿岛君究竟到哪里去了呢……”

这时我想起了学生时代的那件事。

和口语培训班的朋友们一起去参观鞍马火祭的那一晚，长谷川消失了，而且再也没有回来。

长谷川是我很好的朋友。

不仅是在培训班上，私下里我们两个也总是一起去各种地方玩。我丝毫没把她当作比我大一届的前辈来看。她虽是日本文学系的学生，却和我同样爱画。休息日我们常会去逛美术馆，不光京都市里的，有时我们还会跑到大阪、神户去。对当时的我来说，只有和她在一起时才会觉得无比轻松自在。我们两个就像从小一起长大的一样亲密。

因此，她的失踪给了我很大的打击。但是，怎么说呢，我暗自里也会觉得，在她的身上发生这种事并不奇怪。

不管再怎么亲近，她仍时刻给我一种谜一般的感觉。似乎她的内心就是一团黑夜，不论是她忧郁不安的气质、对别人展现出的温柔，还是仿佛能看透人心的敏锐，都源自那一团黑暗。或许是她喜欢在夜晚散步这个特点，使我产生了这些幻想吧。我也曾数次受她邀请，和她一起出门进行漫长的“夜间探险”。走在夜路上的长谷川，显得充满了生气。

回想着过往种种的过程中我意识到，那一夜之后，我一直在竭力避免回想起她的事。

在津轻中里站等儿岛君联系的同时，我开始思考长谷川消失的那个鞍马之夜的事。那一夜吞噬掉长谷川的那个洞穴，如今会不会仍在同一个地方呢?

○

丈夫和我坐列车沿津轻铁道回到了五所川原站。车站外不远处的十字路口，有一家二层楼的咖啡馆。我们走了进去，想在去青森市内前解决一下午饭。装饰着古董和观赏植物的店里流淌着轻轻的音乐声，洗盘子的声音和温和的窃窃私语声让我的心情平复了下来。

丈夫一脸的不高兴，不过那也是理所当然的。在津轻中里站等车的时候，我们也等到了儿岛君的电话，得知了他正在那栋三角屋顶的房子里。

丈夫问他原因，但他只说“回头会告诉你的”，似乎是想赶快挂掉电话。如果真像儿岛君说的那样，那么当我们四处找他的时候，他就屏着呼吸躲在那栋房子里。这也太不像他了。他是不是被卷进什么麻烦里了——丈夫会这么想也是无可厚非。

但儿岛君却对丈夫的担心一笑置之。

“我等下就会追上你们了，帮我和玲子姐问声好。”

说完儿岛君挂了电话。

乘津轻铁道列车返回五所川原的时间里，丈夫脸上一直愁眉紧锁。

“没遇到什么危险就好。”

我边喝餐后咖啡边说。

“但是，儿岛君其实从昨晚开始就有些怪。”

我说了昨晚上厕所时遇到儿岛君的事。丈夫听完思考了一会儿。“燃烧的房子？”他说。

忽然我脊背一紧，眼前出现了那栋在积雪的空地正中燃烧着的房子，就像自己曾亲眼见过一样。可能是发觉我表情僵硬，丈夫拉过我的手问道：“没事吧？”

“你看起来也像对那栋房子着了魔似的。”他说。

“我想打开那扇门来着，但突然就害怕了。”

那“咚——咚——”的声音在我耳朵中回响起来。那真的是儿岛君在玄关外敲门的声音吗？说不定那个时候儿岛君已经被关在了那栋房子里，而那“咚——咚——”声是他试图逃出来时发出的——我产生了这种想法。当然这只不过是我的幻想，没有任何根据。

“总之现在开始就是咱们的二人世界了。等儿岛君赶上来了，咱们好好教训他一顿。”

丈夫给我打气似的说道。

我们回到五所川原站前，联系了出租车公司，请他们派车把我们送到三内丸山遗迹。我们今晚的酒店在青森站边，和遗迹还有些距离，不过我们知道遗迹外就有去青森站的公交线路。

去三内丸山遗迹大约要坐四十分钟的出租车。穿过五所川原市的街道开上高架桥后，被湿气覆盖的车窗外能看到大片埋在积雪下的农田和苹果园，向右看去，还能远远地看到岩木山模糊的轮廓。

听着丈夫和司机闲话家常，我开始有些昏昏欲睡。断断续续的睡眠很让人不爽。从前夜到现在的记忆被扯成了无数碎片，在我脑海中浮现又消散。尽管知道那些碎片间有脉络，此刻却又无论如何都没法把它们串联到一起。

肩膀被丈夫摇了两下，我猛地直起了身子。

“到了哟。”丈夫说道。

不知不觉间，出租车停在了一个覆盖着积雪的大型建筑物前。下车后，外面稍有些刺脸的寒风让我心里爽快了一些。我们在空旷的接待处换上长靴，走进了遗迹。

一位身穿黄色雨衣的中年大伯负责带我们参观。一片雪原的尽头，几间竖穴式住居[1]像冰屋一样银装素裹。似乎没什么人会在冬天探访遗迹，纷飞的雪中只有我们几个人在走动。

“果然还是该夏天来吧……”丈夫嘟囔道。

“没这回事儿。”导游大伯吸着鼻涕说道，“这里不论冬夏我都喜欢。冬天的好处是那边的八甲田山会全变成白色。很美的。”

看过埋着陶器的断层，和回响着汲取地下水的声音的遗迹后，我们来到了一座神奇的、用高大的栗木搭建成的塔状建筑物下。这时丈夫忽然说道：

“我们是怎么说到要坐夜行列车的？”

“我哪儿还记得。”

“是去年年末吧？儿岛君来咱们家玩来着。当时是他最先说

---

[1] 竖穴式住居：即半地穴式住宅，先在地上挖出一个或圆或方的坑，再在坑上竖起木头搭建尖顶，最后在屋顶上铺满茅草而成。在日本，竖穴式住居盛行于绳文时代。

起夜行列车的吧？”

“是吗？”

“你不觉得他是有意的吗？”

我们游览遗迹的这段时间里，丈夫恐怕一直在试图理顺从昨晚到现在发生的那些怪事吧。

“我什么都想不出。”

听我这么说，丈夫再次默默地思考了起来。

就在我们参观完遗迹准备回去的时候，我看向雪原另一侧的杉树林，发现那里有人影在。好像是两个人，一个男性和一个小女孩。起初我以为是一对父女。

“那边有人在走呢。”

我用手指了过去，丈夫却疑惑地歪头问我：“在哪儿？”“不就在那里吗？”我再次指向杉树林。丈夫只往那边看了一眼，就说：“没人啊。”但我确实是清楚地看到了那两个身影。他们也停下了脚步，好像也在看着我们这边。我忽然猛地一惊。虽然隔得很远看不清长相，但我觉得其中的男人很像儿岛君。

“那个不是儿岛君吗？旁边的女孩儿是谁？”

“我可什么都没看见。”

“说什么呢，不就在那儿吗？”

“儿岛君！”我用力地挥着手臂呼唤雪原尽头的儿岛君。如此一来，儿岛君也举起了手，他身旁的那个小女孩也把手举了起来。那女孩穿着红色的外套，十分显眼。

我听见丈夫在问我们的男导游：

“你看见什么了吗？”

“唔，什么都没看见呀。”

我穿着长靴踩雪向前走去，同时不断地喊着儿岛君的名字。但他只是举着手，没做出任何回应，也不见要往我们这边走的意思。话说回来，那个和儿岛君一起的女孩是谁呢？很快，他们开始快步向后退去，最终消失在了杉树林深处。

“他到底想干什么呀……亏我喊了他这么久。”

就在我小声抱怨的时候，我脑海中清晰地浮现出了一条被夕阳染红的蓄水池堤坝。在那条堤坝上，小学时的我正拖着长长的影子走着。在我身旁，有另一个小女孩。

我想起了“小佳奈”。

○

由于父亲工作的原因，我从很小的时候起就住在外国，小学三年级那年的春天才搬到东京近郊的一个小城市。直到去京都上大学前，我都生活在那里。

那个小城市里有一处高地，上面是新兴住宅区，我们的房子就建在高地的边缘，从上面向下看能看到一个很大的蓄水池。据说，早在高地被开发成住宅区前，蓄水池就在那里了。夏天池里有很多龟在游泳，到冬天还能见到飞来的候鸟。水面上茂密的芦苇有种阴森森的感觉，甚至有传言说傍晚时分这里会出现溺死的孩子的幽灵。

蓄水池的堤坝上有条小路，放学回家时我常从那里走。

其实学校严禁在上下学时走那条小路，只是走大路实在太绕远了。反正我也不是个会在意校规的孩子，而且可能因为才刚回到日本，还没能融入校园生活，所以放学时我总是一个人走。就是在那条小路上，我遇到了同班的小佳奈。

可能是同样被班上同学孤立这一点将我们联系在了一起吧。小佳奈是个爱憎分明的孩子，面对不喜欢的人她连一句话都懒得说，就算对方是老师也不例外。当时的我还在因没能习惯学校而焦虑，小佳奈那种超脱的境界令我十分憧憬。

而且我们还有一个共同的爱好——画画。小佳奈特别喜欢画画，但她对参加小学的艺术社团，或是博取美术老师的称赞没有任何兴趣。她的画只给我一个人看，这也成了我十分自豪的一点。

小佳奈的家在蓄水池堤坝的下面。那栋房子孤零零地建在被杂木林圈出的空地上，房子里面亮堂堂的，就像小佳奈本人给我的感觉一样。

我会去小佳奈家和她一起画画。小佳奈的房间在二层，里面像画家的画室一样铺着地板，就算在夏天也十分凉爽。她喜欢把自己脱个精光，赤身裸体地趴在地板上画画，我于是也模仿起她的样子。脱掉衣服后，似乎真的画得更好了。房间里清凉得像浸在水中，风拂过蓄水池，夹着蝉鸣声从窗户吹进屋内。

小佳奈偶尔会停下画笔平躺下来，就像一条美丽的鱼。

○

我们从三内丸山遗迹乘公交车前往青森站。

摇晃的公交车上，我开始回想在雪原尽头看到的那两个人影。

那个牵着儿岛君手的女孩儿真的很像小佳奈。但那是不可能的。距离我最初和她一起玩已经过了将近二十年了。而且，我丈夫和导游大伯更是根本就没看到他们两个的身影。

“那到底是怎么回事呢？”

我独自沉思着。由于完全不知道该从何说起，所以我犹豫再三还是没有向丈夫开口。

我们在青森站附近的土产店买了些东西，之后入住了酒店。儿岛君还没到。时间已经过了下午五点，青森的街市也暗了下来。丈夫看着窗外担心地低声说道：

“怎么会变成这个样子呢……”

我躺在床上，一种难以描述的孤独感向我袭来，就和此行刚开始时，我在上野站等夜行列车时所感受到的一样。如果儿岛君在的话，可能就不会有这种感觉了吧，我想。我们可以一起去吃个晚饭，然后商量明天的行程……

丈夫离开窗前，躺到我一侧的另一张床上。接下来的一小段时间，我们两人就这么默默地看着天花板。就在我即将昏昏入睡的时候，忽然听丈夫喃喃道：

“我说，津轻中里的那栋房子……”

“嗯？”

但丈夫没有接着说下去。我翻身转向他那边，看到他正皱着眉紧盯着天花板。

“怎么了？”

“……没，果然还是我看错了吧。”

“别光自己想明白了，也说给我听听呀。”

“那我可说了啊。你没从那栋房子的窗户里看到人影吗？”

我忽地打了个寒战，坐了起来。

“干吗说这么恐怖的话？”

“你没看到？”

“什么都没看到。”

“其实，离开津轻中里的那栋房子的时候……”

当时丈夫打头走了一阵，才发现我没有跟上来。他回过头，看到我正握着门把手死死地站在那里。就在他慌忙想要折返的时候，二楼其中一扇窗户的窗帘似乎动了一下，仿佛那栋沉睡中的房子微微地睁开了眼睛。丈夫抬头将视线聚焦在那扇窗上，结果在窗帘间的缝隙中看到了一个人影。

“那个人……不是儿岛君吧？”

如果是儿岛君的话，丈夫就不会苦恼了。他一定会和我一起打开门直接向儿岛君问个究竟。

“不是儿岛君。像是个女人。”

“女人？”

“……只是感觉像。”

“为什么当时没有告诉我？”

“窗帘很快就拉上了，我根本没看清楚。而且你的样子也很奇怪。我有种不好的感觉，所以一心只想赶快离开那栋房子。”

但我还是觉得丈夫有所隐瞒，似乎他其实清楚地看到了窗后的那个人，却对我略过了这一点。否则以他的风格，是不会像这样吞吞吐吐的。

这时丈夫的手机响了。

丈夫飞速下床接起电话问道："你在哪儿？"一呼一吸过后，丈夫抬高了声调又问道："你在干什么啊？"我也下了床。从丈夫和儿岛君的对话中，我得知儿岛君还在津轻中里的那栋房子里。随后丈夫挂断了电话，脸上愁云密布。

"他到这儿应该要夜里了。"

"他还在那里？"

"他是这么说的。"

这么说的话，遗迹那里的人影果然是我看错了。这个消息让我稍松了一口气。可是，儿岛君为什么要留在那栋房子里呢？

"晚饭怎么办？"

"他说咱们俩自己去吃就好。"

"他是怎么想的呢……"

"他一句都没多说。我之前没觉得这人这么自私啊。还说什么夜里赶过来，管他呢！"

"别这么生气。"

"我这是饿得心烦。去吃饭吧。"

○

儿岛君为此行事先预约好的日本料理店，就在青森站前东西向主路朝南的岔道上。路上被人踩实了的雪冻成了冰，我险些在上面滑倒，幸好丈夫及时搀住了我。我们蹒跚地穿过岔路，走进日料店时两人都松了一口气。

料理的确美味，但我们的心思仍在儿岛君身上，进餐中连话都没有说上几句。事到如今必须得重新考虑明天的安排了，但我们两个谁都没有这个心情。我总觉得丈夫独自保守着什么秘密，可我自己又何尝不是如此呢。尽管知道了在遗迹看到的人不是儿岛君，但他身旁那个消失在杉树林中的女孩仍不断地浮现在我脑海中。一想到她，我的思绪似乎就会被牵向我小学时的朋友——小佳奈。

小佳奈是个很奇怪的孩子。

如今回想起来我仍有一点想不通，那就是我从没见过小佳奈的家人。小佳奈简直像在那栋房子里独自生活一样。每当说到家人的话题，她都会默默地离开房间，躲起来。这让当时的我感到十分害怕，直到我怕得快要哭出来时，她又会轻轻地走出来，亲吻我的脸颊，之后继续画画。我很怕惹她生气，于是不再问她这些无关紧要的问题。

小佳奈另一个奇怪的地方，就是她总被班上的同学们叫作“骗子”。我所认识的小佳奈虽然的确有些不好相处，可从没说过一句谎话。我也向同学们问过小佳奈到底说了什么谎，但他们只是一个劲儿地说“骗子、骗子”，惹得我暗自替小佳奈愤愤不平。

正当我回想着这些时，丈夫问道：

“你在想什么呢？”

“很早以前的事。”

“有多早？”

“小学的时候。那时我有个奇怪的朋友。”

“是指小佳奈吗？”

丈夫意外的发言令我大为吃惊。

“你怎么知道？”

“从你妈妈那儿听来的，好像。”

“她为什么要跟你说这个呢？她很讨厌小佳奈的。”

“这我倒没听说。”

虽然从没直说过，但母亲似乎很不想让我和小佳奈一起玩。现在想来，擅自帮我报名绘画班，恐怕就是她为了拆散我和小佳奈而想出的策略之一。

○

那时，母亲在车站前发现了一家儿童绘画培训班，回来后直接告诉我，要我去那里上课。我自然不愿意，但她却说已经把手续都办好了。那是唯一的一次，母亲不和我商量就独自做了决定。

结果，尽管不情愿，我还是参加了那个培训班。

小佳奈对此很不开心。

“你就是想画得比我更好，然后在我面前炫耀。”她开始如此责难我，我们的关系也逐渐出现了裂痕。即便去找她玩，她也总是藏起来不见我，让我觉得十分孤独。不过因祸得福，和我同班的一个女生也参加了那个绘画培训班，我渐渐和她亲昵了起来，甚至觉得有了她，连上学都比以前快乐了。

随着我慢慢融入班级，小佳奈来上学的次数也越来越少，最终完全不来了。我虽然担心，但又不想被她说一些难听的话，所以没再去那栋房子找过她。放学后我也不再从那个蓄水池的水堤上走，而是和同学们搭伴从大路回家。

最后一次去找小佳奈是在冬天。

蓄水池的堤坝被雪覆盖了起来，我从堤坝上向下走去，一步一步踩得结结实实，唯恐从土坡上跌落。堤坝下，那片被冬日枯木围起来的空地上积满了雪，雪上没有一个脚印，只有那栋房子孤零零地立在空地正中。我忽然脊背一凉，双脚无论如何都不敢向前再迈一步。

那栋房子里没有了往日的明亮。

雪纷纷地落着，在灰色天空的映衬下，那栋房子绿色的三角屋顶显得有些恶趣味。白色的外墙上一块巨大的污渍就像巨人的影子，让人不寒而栗。数量多得异常的窗户全都拉上了厚实的窗帘。

小佳奈的家就像闭眼睡去了一样。

○

那个雪天的记忆突然涌现在我眼前，使我变得茫然起来。在这之前我究竟把它忘到哪里去了呢？

回过神来时，丈夫正担心地看着我。

“怎么了？”

“没什么，只是想起了些过去的事。”

“肚子也填饱了，我们去散个步吧？”

“也好。”

于是我们来到了冷夜中的街上。

宁静的小路上空飞舞着雪花，小餐馆和居酒屋的光将冻结的路面映得发亮。我们边踉跄地走着边抬头看去，路旁一栋废弃民宅二层的屋檐下，挂着足有一个小孩儿那么高的冰柱。“要是被那玩意砸中了必死无疑啊。”丈夫爽朗的声音在这条像昏暗的隧道一样的小路中回荡起来。我走在路上，心中有一个疑惑一直不能散去：津轻中里那栋让儿岛君消失的房子，为什么那么像小佳奈的家呢？

我们沿那条小路走着，路两侧排列着关上了卷帘门的商店，和破旧的商住混用的高楼。橙色的路灯给路旁堆起的雪染上了颜色，公交车把冻着冰的路面轧得“咯吱咯吱”直响，从我们身旁开过。雪落在脸颊上的触感，让我重新回想起了最后一次造访小佳奈家的那一天。

“那天走到那片空地后，发生了什么？”

这个疑问掠上了我的心头。

为什么我什么都不记得了呢？那一天，我进了那栋房子吗？为什么在那之后，我就再也没见过小佳奈了呢？

“那个，我妈是怎么和你说的？”

“说什么？”

“小佳奈的事。”

“啊，也没说什么。就说是个奇怪的孩子。”

“真的就说了这个？”

“雪变大了呢。”

丈夫说着抬头看向漆黑的夜空。

“穿过县界长长的隧道，便是雪国……”

听了丈夫的这句话，我从夜行列车的车窗中看到的景色历历浮现在我的眼前。那是一片宛若童话插图般的雪国景色。我同时回想起的，还有从车窗外一闪而过的，那团飞舞在黑暗中的明亮的火星。我甚至可以在脑海中清晰地描绘出，儿岛君在那一瞬间看到的那座“燃烧着的房子”。

这是为什么呢？因为我曾在小学时见到过那幅景象。

那一天，冬日下蓄水池的堤坝白得泛着青色。我拼了命地冲上堤坝，回头看去，一片昏暗下的杂木林被照得透亮，无数的火星冲向漆黑的夜空。小佳奈的家正在燃烧。火焰在玻璃窗后舞动着，仿佛有生命一般。我站定在堤坝上，呼着热气，注视着那栋燃烧着的房子。

“点燃那栋房子的就是我。”

这一坚定的想法迅速占据了我的内心，我不自觉地停下了脚步。

这时我们正要从一栋大建筑前走过。那栋建筑里像是一个市场，挂着“青森鱼菜中心”的招牌。卷帘门降下了一半，余下的空隙中溢出荧光灯的光亮。就在我从门下看向市场里时，一个女孩的身影从市场的通道上一跃而过。

“小佳奈？”

我轻唤了一声。丈夫惊慌地转过了头。

○

我从卷帘门下钻进了市场。

通道两侧的店铺就像节庆日的夜市小摊一样连绵不绝。这里的营业时间应该早就过了，别说客人，就连店家的身影都见不到，只有一些破旧的荧光灯，正将光线冷冷地撒到濡湿的水泥地面和盖着塑料膜的柜台上。我又呼唤了一次那个名字：

“小佳奈？”

摆在通道旁的柜台后一片昏暗，可供藏身的地方不计其数。我边观察两侧的情况，边缓缓地向前走着。天花板上垂吊着大渔旗[1]、手绘金枪鱼，以及面向游客的宣传文案。在灯火散尽的市场里，这些原本用来营造繁华景象的装饰物反而让人觉得有些毛骨悚然。

低矮的天花板上回响起丈夫的声音。他追了上来。

“你在干什么？”

“这儿有个女孩儿。”

“女孩儿哪儿都有啊。”

“是小佳奈。”

丈夫叹了口气，将市场环视了一周。

“不光儿岛君，连你也开始说这种怪话了吗？饶了我吧。你小学时的朋友怎么会原模原样地出现在这里呢？”

“我，在小佳奈的家放了火。”

“……”

听我这么说，丈夫沉默了。但他似乎并不是在对我的话感到震惊。

[1] 大渔旗：日本渔船在出海打鱼后，假如丰收而归，便会在船上升起大渔旗，以便提前向岸上的人传达这一好消息。旗上通常会画鱼、宝船、神明等会带来好运的东西。现今，大渔旗作为日本鱼文化的代表之一，也常用于各类庆典，或是被用作一种艺术装饰。

很快丈夫开口说道：

“你真这么认为吗？”

丈夫凝视着站在通道上的我。他的眼神十分平静，似乎一直看到了我的内心的最深处。

接着，他像开导我一般说道：

“燃烧着的房子什么的，都是不存在的。”

“你怎么能这么说？”

“小佳奈就是你的一场梦，就是另一个你啊。”

我没听懂丈夫在说什么。

“这是我从你妈妈那里听来的。当时，你没能很好地融入学校吧？那个奇怪、自傲又擅长画画的小佳奈，就是你啊。被班上同学们叫作‘骗子’的也是你。”

我像失了神似的呢喃道：

“我不相信这些。”

“小佳奈之所以消失了，也是因为你不再需要她了。那些事也全都是你想象出来的。冷静下来想一想吧，小学生在一个别人都看不见的朋友的家里放火，这怎么可能呢？”

濡湿的水泥地面不断渗出着凉气，冻穿了我的身体。丈夫似乎正竭尽全力地想让我放下心来。但我却无论如何都不能接受。

“不对。你什么都不懂！”

我想起了小佳奈的房间。夏日的风从窗户吹进屋里，摇动起窗帘，小佳奈和我用肚皮紧贴着冰凉的地板，画着画。那是一幅充满了回忆的美丽光景，是只属于我们两个人的美好世界。就算我的大脑可以理解丈夫所说的话，我的内心也绝不会容许我将那像一条美丽的鱼一样躺着的小佳奈抹去。因为对我来说，那就等于将小佳奈再一次杀掉。

“津轻中里的那栋房子你打算怎么解释？”我说道，“那就是小佳奈的家。”

“那不可能，是你在臆想吧？”

“儿岛君又为什么消失？”

丈夫像是被问了个措手不及。

“那是两码事吧？”

“那我在遗迹看到的又算什么？我看到儿岛君和小佳奈牵着手。如果那栋房子是小佳奈的家，那她会和儿岛君在一起就能说得通了。”

丈夫的脸越发地苍白、扭曲。

“喂，你说什么呢，那岂不是……”

“儿岛君消失在那栋房子里之后，有人从窗户向外看了。你，其实看到那个人的长相了吧？”

“不是说过了吗？我没看清。”

“不要说谎了。”

“我没说谎。”

“你就是在说谎。那个人长什么样子？”

“可是……可是，不可能。那不可能啊。”丈夫痛苦地说道，“从窗户向外看的人是你。”

这时，我背后传来了纸箱堆倒塌的声音。

转过头去，我看到小佳奈站在通道的尽头。她还是小学时的样子，湿透了的红外套沐浴着荧光灯的光亮，一闪一隐。她向我投来微笑，挥了挥手，接着打开了一旁的推拉门，跑到市场后街去了。

“小佳奈，等等！”

我大声喊着，跑步追了上去。

市场后面，有一片覆盖着积雪的宽广空地，似乎是拆除了某栋旧大楼后留下来的，就像在街道上凭空撕开了一个白色的巨洞。空地的正中有一栋三角屋顶的民宅，它的每一扇窗户里都散射着璀璨的光芒。那光芒就像敲打铜钹一样震颤着我的心。

那栋房子是小佳奈的家。

○

那是在去年的十二月中旬。

我工作的画廊为筹办岸田道生的个展《夜行》，从京都的柳画廊调来了他的作品。将这些作品搬运、安放完成后，画廊面向银座小巷一侧的窗外已然暗了下来，只有画廊内仍像另一个世界一样充溢着光明。挂在乳白色墙壁上的铜版画中满是黑夜神秘的气息。

随后儿岛君来找我。

“嗨，玲子姐，晚上好。”

“呦，是儿岛君呀。”

“今天工作结束得早，所以去有乐町买了点儿东西，又想到可以顺路来看看。前辈今天可能要晚些了，他出门办事好像遇到了点儿问题。”

儿岛君边随口说着，边看起铜版画。

“呼……”儿岛君叉着胳膊轻呼了一口气。

“好有神秘感的画啊，不错。”

“是岸田道生的作品。不过他本人三年前就去世了。”

长时间看着这些铜版画，会有被某种不可思议的力量捕获了的感觉。这些画就像在乳白色墙壁上凿开的一个个四方的洞穴，洞穴尽头通向永恒的、无边无际的夜的世界。《夜行》系列作品一共有四十八幅，据柳画廊的柳先生所说，这些作品在东京以岸田道生个展的名义齐聚一堂还是首次。《尾道》《伊势》《野边山》《奈良》《会津》《奥飞驒》《松本》《长崎》……

“玲子姐，你见过这位岸田吗？”

“只听过许多关于他的传言，见倒是没见过。貌似是个生活方式有些不寻常的人。”

“他只画了这个系列作品吗？”

儿岛君的问题，让我想起了前些日子从柳画廊的柳先生那里听来的故事。

据说，相对于《夜行》这一系列，岸田道生还暗中创作了名为《曙光》的系列作品。岸田道生曾表示，如果说《夜行》描绘的是无尽的夜，那么《曙光》描绘的则是那绝无仅有的黎明。不过，岸田道生生前从没给任何人看过他的《曙光》。

听了我的话，儿岛君表现得似乎很感兴趣。

“那《曙光》现在在哪儿呢？”

“我也不清楚。岸田去世后，画廊的人应该整理过他的遗物，但却说完全没发现任何与《曙光》有关的东西。”

"所以那是个谎言咯？"

"只能说现在还是个谜。"

"真是个怪人啊，那位岸田。"

我和儿岛君从头开始一幅一幅地看过这些作品，在其中一幅画前，我停下了脚步。那幅画的标题是《夜行——津轻》。

画上有一栋仅用不同浓淡的白色描绘出三角屋顶的民宅。民宅二楼的其中一扇窗户中，一位没有脸的女性正探出身子挥着手。在展出的四十八幅铜版画中，这幅《津轻》尤其让我感到怀念，但同时也给我带来了某种异样的不适感，看得久了，感觉连呼吸都变得困难起来，但我就是没法把视线从它身上移开。

儿岛君诧异地问道：

"怎么了？"

"感觉我好像莫名地在意这幅画。这是为什么呢？"

"看上去就是一栋建在高地上的别墅嘛。不知道津轻是不是真的有这么一栋房子。"

"儿岛君，我再告诉你一个岸田的秘密吧。"

"什么秘密？"

"虽然这是个描绘旅途风景的系列作品，但这画上的地方，其实岸田一处都没去过。"

"真的？"

"他从不旅行的。"

"真难以置信啊。明明画的标题用的都是地名。"

儿岛君有些出神地说道："那也就是说，津轻没有这样一栋房子了？"

“谁知道呢。也许凑巧就有这么一栋。”

我伸出手，指尖沿铜版画中那栋房子的轮廓抚过。从窗户探出身来的没有五官的女性……

“岸田过的一向是日出而息日落而起的生活，和朋友见面也仅限于夜间。他永远都生活在夜的世界里，并将在夜的世界中见到的景色画到了画中……据说因此这个系列才叫作《夜行》。”

“哦？夜的世界啊……”

儿岛君深有所感似的低声说道。之后他似乎还想再说些什么，但最终还是就此打住，只默默地站在我身旁看起铜版画。

“为什么这幅画会让我感觉这么熟悉呢？”

我盯着这幅画喃喃自语道。

“或许这栋房子就建在我自己的夜的世界里吧。”

○

我踏着雪跑向了那栋房子。

尽管听到丈夫远远地在呼喊我，但我并没有回头的打算。

那栋房子二楼的一扇窗户被从内部推开，我看到一位女性从屋中探出了身子。无数耀眼的光线同时从她身后射出，使我眼中的她只剩了一个黑色的影子。但我清楚地知道那就是小佳奈。她正张开着双臂，将我迎进她的家中。

这时我终于明白了。

从我在银座的画廊看到那幅铜版画的瞬间起，小佳奈就一直在呼唤着我。从夜间的上野站开出的夜行列车，终点正是这栋房子。此刻，小佳奈的家苏醒了过来，在夜幕下放射着璀璨的光辉。它的每一张窗帘都拉开了，每一扇窗后都闪动着刺眼的光。

仿佛房子内部正燃烧着一样。

第四夜　天龙峡

“这是两年前的春天，我乘饭田线[1]遇到的事。”

第四个开口讲述的是田边先生。

田边先生是我们这伙人中最年长的，比中井学长还要大上两岁左右。长谷川失踪那年，田边先生早已从大学毕业，进入了他朋友创建的一个剧团。

从表面上看田边先生似乎是个豪爽的人，但他其实也有细腻的一面。

武田君和中井学长常二话不说就跑到田边先生租住的地方办酒会，我在他们的邀请下也参加过几次。在长谷川失踪后的第二年，忙于打工和剧团活动的田边先生则连口语培训班都不来了。

---

[1]　饭田线：连接着日本爱知县丰桥市丰桥站和长野县上伊那郡辰野站的铁道线路。

几年后他们的剧团解散，他便到东京工作了几年，如今回到了老家丰桥，在自家开的家具店里工作。

由此开始是田边先生的话。

○

伊那市住着我的伯父伯母。

他们很久以前就说过让我去他们那儿玩，所以我借一次出差的机会顺路去了他们那里。我让同事先坐车回去，自己在伯父伯母那里住了一夜，第二天和表姐一家一起吃了饭，不知做了什么一整天就过去了。在我终于抵达饭田线伊那市站准备回丰桥的时候，已经是傍晚了。

似乎正赶上当地高中放学，我登上的这趟两节车厢的列车已是满员状态。

车窗外能看到驹岳和连绵的中央阿尔卑斯山脉[1]，山顶上仍残存着积雪。沿线每停一站，车上的乘客就少一些，最终我也找到了一个四人对坐的座位。座位旁是火车另一侧的窗户，窗外不再能看到中央阿尔卑斯，取而代之的是一片开阔的村庄景象，远处夕阳映照下的南阿尔卑斯也清晰可见。

很快，我的注意力被坐在我对面聊天的两个人吸引了过去。他们其中一个是看着很淳朴的女高中生，她系着红色的围巾，抱

[1] 中央阿尔卑斯山脉：木曾山脉的别称，由日本长野县西南部经岐阜县延伸至爱知县，与飞驒山脉（北阿尔卑斯）、赤石山脉（南阿尔卑斯）并称为“日本阿尔卑斯”。中央阿尔卑斯山脉大体上成南北向延伸，被东侧的天龙川和西侧的木曾川夹在其中。驹岳是木曾山脉的主峰，又名“木增驹岳”或“木增驹”，海拔 2956 米。

着帆布包，包上挂着一个史努比的小玩偶。另一位是剃着光头的中年僧人，穿着黑衣，抱着革制的旅行包，脚下立着扁平的布包裹。自从我在伊那市站的站台上看到他们，他们就一直在亲密地聊着什么。可能是本地的僧人和施主家的女儿吧。

忽然那女高中生向我搭话道：

“您到哪一站？”

“我去丰桥。”

“到终点？真的吗？”

她朝我这边探着身，眼神像是要向我诉说什么。僧人则露出淡淡的微笑将头转向一边。

“嗯，还要接着坐很远呢。”

我加入谈话后，女高中生看上去似乎松了一口气。可能是那僧人把她缠得有点烦吧。

随后电车转了个弯，驶入了山脉的阴影中。车厢内仿佛潜到了水底一般昏暗。僧人将视线瞥向我，那眼神就像含着怒气一样。

○

列车驶出山影后，夕阳的余晖从车窗照射进来，打在了女高中生和僧人身上。女高中生把胳膊搭在扶手上撑着脸，嘟着的脸颊就像被太阳晒得蓬松的被子，和脸色像河底的山椒鱼[1]一样暗

[1] 山椒鱼：一种两栖生物，皮肤呈红褐色。山椒鱼比恐龙还早出现，是现今地球上的活化石之一。

沉的僧人形成了鲜明的对比。

女高中生说，她正在伊那市的高中读二年级。

在她的观念里，像我这样在摇晃的列车上一坐就是好几个小时，只能算是一种修行。“难道您是铁道迷吗？”她问我。即便不是铁道迷，有时也会想像这样坐火车出行的。“因为在火车前行的这段时间里，我也可以忘掉一切，放空自己。”我说道。

“您有烦恼？”

“算是吧，各种事情。”

“这样啊。”

“你偶尔也会有烦恼的吧？”

听到我的话，她“咯咯咯”地笑了起来。

“会吗？我倒是没有让自己烦恼的打算。”

看她的笑容，仿佛她随时都可能扑到我的怀里。

那之后我们继续隔着座位间的通道聊着天。线条柔美的梯田、初放的红梅和像裹了糖稀一样光亮的瓦屋顶接连从车窗外闪过。看着这些景色，我心中就像在农家的檐廊上晒太阳一样舒畅。

这期间，坐在窗边的僧人不知为什么一言未发。他将厚实的口袋版列车时刻表放在腿上翻着，像是在思考着什么。话说回来，这个女高中生究竟要去哪一站呢？从我们在伊那市上车时算起，她已经随着这趟车摇晃了一个多小时了。

“你家离学校还真远呀。”

“是呀，”她低头捏着帆布包上的玩偶说道，“可烦人了。我一般都会在车上学习。不过今天就算了。”

列车在一处小车站停了下来。

车门打开后，凛冽的空气流进车厢，四下如同时间停止了一样静寂。撑着脸的女高中生忽然从座位上站了起来，将身体转向车窗。我才注意到她已经摘掉了围巾，后颈的线条有种成熟的味道。

她抬起胳膊指向窗外。

“那里有个商店，能看到吗？”

我探起身子，僧人受我们的影响也向窗外看去。

检票口外是个小广场，广场另一侧有一排古旧的建筑，女孩所说的“商店”就是其中之一。从车厢里能看到写着“山崎面包”的褪了色的招牌，以及摆放在店门口的自动售货机，和用来放冰淇淋的冰柜。商店的屋檐下就像日落时分一样昏暗，我甚至能想象到商店的土间[1]里那湿润的味道。二楼的窗户不知为什么关上了护窗板，屋檐下还垂着数个串在一起的洋葱。在偏僻的乡村常能见到这种几近废弃的商店。

女高中生盯着窗外说道：

“我每天就这么看着那个商店，渐渐地就在意了起来。为什么那里面一直那么昏暗呢？为什么从没看到过一个人影呢？为什么二楼的窗户总关着护窗板呢？我越是在意，就越盯着它看个不停。看呀看呀的，我甚至开始觉得那像是某种怪物。你们有过这种经历吗？还是我自己有问题呢？”

这车窗外的风景对我来说并不常见，却是她日常生活中的一

[1] 土间：日本传统房屋常分为两部分，一部分供住户起居生活，一般比地面略高，铺有地板或榻榻米。另一部分与屋外地面同高，只铺有三合土、硅藻土或瓷砖，供人进出或用作铺面，被称作“土间”。现在的日本房屋的“土间”基本已被玄关所替代。

部分。但是，即便是再日常的风景，也并不等同于平凡。因为每天都在看，所以注意到了其中的异常之处，这也是有可能的吧。不过，还真是人不可貌相，没想到这孩子脑子里有这么多奇怪的想法。

“在意的话，下车去看看不就好了？”

“在梦里我倒是下车去看过。”

她嘴中再次蹦出了奇怪的话。

“我常做这种梦，去探访在车上看到的地方的梦。那些梦全都特别真实，有时我甚至怀疑自己是不是真的去了那些地方。像现在这样看着窗外时，我很自然地就会想：‘啊，上周去的是那里呢。’直到过了一阵才忽然反应过来‘不对不对，那是梦……’抱歉，又在说怪话了。”

“那，你一次都没有实际去看过？”

她用严肃的表情说道：“大概吧。”

我再一次定睛看向检票口外的那个商店的深处。听了她的话后，我也有了一丝异样的感觉。这时，我发觉货柜后面的黑暗中似乎有什么东西动了一下。下一秒，列车开动了，那黑影就这样残存在了我的心中。当时它正晃动着，仿佛有某种东西从黑暗中缓缓起身。

夕阳倦怠地将车厢内染得斑驳陆离。

“你坐到哪一站？”

听我这么问，她抬头幽幽地看向我。

“……你觉得是到哪里呢？”

她的眼神中似乎透着妩媚的气息。我心中就像有一条游荡在河底的美丽的鱼，瞬间跃出了水面。待我缓过神来后，她的眼神已经变得虚无缥缈了。她忽然向坐在窗边的僧人问道：

“大师，再猜不中的话我可要到站了。”

僧人将视线从口袋版列车时刻表上移开，嘴中念念有词地嘟囔着看向我。令我意外的是，他的表情中似乎掺杂着一丝不安。

“我投降了，小姑娘。是我输了。”

○

我一时没明白过来这是怎么回事。

“呦，认输啦？”

女高中生嘴角露出微笑，和僧人不安的样子形成了鲜明的对比。看来她和僧人刚刚是在做某种“游戏”。

列车长从后一节车厢走了进来，穿过我们三人间的通道，走到在上一个经停站上车的老奶奶和她孙子身旁，同这祖孙二人说起了什么。不知不觉间车厢里已经变得空荡荡的，乘客算上我们三个也不过六人。后一节车厢里似乎也没什么人了。到天龙峡应该还要三十分钟吧，我想。

女高中生向我探过身子，悄声说道：

“这位大师是个超能力者呢。”

我惊讶地看向僧人，他只是苦笑着摇了摇头。

“不不，没那么夸张的。”

“可你不是能读人心吗？”

“可是都没能满足你的期待。”

僧人说着向女高中生微微地笑了笑。

交谈中，我发现僧人似乎比看上去要年轻一些。

他从前在京都修行，现在受高远町[1]一座穷困的小寺庙雇佣，成了那里的住持。和女高中生只是凑巧同在伊那市站上了同一班车的关系罢了。之后，女高中生对他口中“超能力者”的说法产生了兴趣。怎么看都像是个可疑分子。“去参加一个在丰桥举办的集会”这说法听着也让人起疑，否则为什么到了这个时间才从伊那市搭饭田线动身？不过在这一点上我也没资格说别人就是了。“我也在京都住过呢，”我开始试探他，“您是在京都的哪里修行的？”

“这个嘛，我在很多地方都待过。”

他很熟练地摆出平静的表情蒙混了过去。本来打算向淳朴的女高中生随便吹嘘一下，没想到被我横插一杠，他心里应该很不爽吧。

“刚才说认输，是指什么？”

“是我提出，如果大师真能读心的话，就请猜猜我在哪一站下车。”

原来这僧人刚刚一直默默地看着时刻表是因为这个啊。不论他再怎么巧舌如簧，碰到需要具体回答的问题也只能作哑了吧。

“听起来挺有意思的。”

“没有、没有。”

“您真的能读心吗？”

---

[1] 高远町：位于日本长野县中部的上伊那郡。

“准确地说不是‘读’，而是‘看’。”

“比如说……”他嘟囔着，指向窗外。

列车驶过了中央阿尔卑斯山脉，色彩暗淡的民宅、工厂、医院和学校出现在窗外，一幅偏远小镇的风景。

“请试着一边像这样眺望窗外的景色，一边将进入自己视线的东西逐一诉诸言语吧。也就是说，尝试倾尽自己所有的词汇，来说明这些平时看过便过了的景色。最重要的，就是将自己逼入绝境。要一心只想着为这些风景附上言语，直到自己连话都快说不出来了为止。这样下来，你的头脑便会疲惫到极点，最终就真的连一个字都说不出来了。你的语言被从你眼前飞逝而过的风景甩在了身后。而下一刻，那些风景则会忽然向你心中传递某种你此前从没意识到的信息。我所说的‘看’，就是这么一回事。”

我越来越觉得他是在胡说八道了。

“我们只是摆出看向窗外的样子，实际却没有在看。你是这个意思吗？”

“嗯，差不多。不过我必须要强调一点，那就是你们并没有做错。人生在世，很多东西你只能选择视而不见。语言正好可以帮我们蒙住双眼。比如说，当你看向窗外时，你也许会觉得自己看到了外面的景色，但实际上，你所看到的都是‘语言’。”

女高中生哧哧地笑了起来。

“我可一点儿都没有那种感觉。”

“正是因为没有那种感觉，你才能正常地生活呀，小姑娘。”

我不耐烦地问道：

“这个和读心术有什么关系吗？”

"是同一回事。我们看上去像是在看着对方的脸，实际则不然。愤怒、生气、可疑——我们看到的全是这些常被用来形容人表情的词语。而这些词语不过是我们内心的想法在对方脸上的投射罢了，也就是说，这只是一台独角戏。既然风景有着语言无法形容的深度，那人的脸应当也如此。因此，只要能在不借助语言的情况下去看对方的脸，那些原本看不到的东西就会自己显现出来。只是，这种方法并不是想看到什么就能看到什么。不知这么说您明白了吗？"

僧人滔滔不绝地说完，清了清嗓子，看向女高中生。

"所以说，我的能力本来就不适合猜谜的。"

"听起来有点像在找借口呢。"

"没办法，'看'这种能力就是这样的。"

这时，僧人脚下立着的扁平包裹"啪"的一声倒下了。"哎呀"，僧人弯下身子，不慌不忙地拿起包裹，把它靠到了侧前方的椅子上。

女高中生忽然问道：

"大师，从这个人脸上您能看到什么？"

僧人看着我的脸低声问道：

"您刚才说您曾在京都待过？"

"嗯。"我点了点头。反正他肯定会说一些无论怎样都能解释得通的含混不清的话来蒙混过关吧，我轻蔑地想着。然而僧人给出的回答却具体得令我大吃一惊。

"我能看到一栋夜里的房子。"

僧人低声说着，眯起了冰冷的双眼。

“那栋房子里，住着一个深深地吸引着你的人……你总是在夜里去那里。对方不是恋人，就是你的好朋友吧。对那栋房子的记忆，使你的人生至今仍笼罩在阴影之下。”

说完这些，僧人露出浅浅的微笑。

“怎么样？”

我一时哑口无言。完全没想到会是这样。

“你说的是岸田吗？”

“……我说的只是自己看到的东西。”

说罢，僧人的表情恢复了平静。

○

岸田道生是个铜版画家，在京都开有一间画室。

第一次见到他时，我们两个都还只有二十多岁。

当时，岸田已经从海外留学回来好几年了，尽管柳画廊的主人很看好他的才能，但在别人眼中他还只是个无名之辈。他的《夜行》系列作品问世，是在那之后的事了。

他把父母留给他的一栋位于鸭川[1]旁的独栋房屋改造成了画室。经营画室的同时，他还在夷川通的一个家具店打工。那家店的老板是我老爹的朋友，所以住在京都时我总去那家店玩，也因此常能见到岸田。只是，我那时还不知道他是个铜版画家。因为他看上去不像很好搭话的样子。

---

[1] 鸭川：日本京都代表性的河川，南北纵贯京都市区。

“当时还在蛰伏期嘛，有点儿忧郁。”

后来岸田向我这么解释道。

岸田辞去工作后，我就没有见过他了。

再次见到岸田，是长谷川消失在鞍马火祭上那年的年底。那晚，我在木屋町的一间酒吧里偶然见到了岸田的身影。我起初只觉得这男人很眼熟，随便找了个由头交谈几句过后，我才发现他就是岸田。

于是我们喝酒畅谈起来。那时的我正因为长谷川失踪的事满腹愁肠，岸田似乎同样有话无处可诉。我就是在那晚，知道他是个铜版画家的。

他说他也看到了鞍马那起事件的报道。

“那一晚我也去了鞍马。之后看到报纸时惊呆了。真的一点儿线索都没有吗？”

“现在还不清楚。”

我和长谷川其实并不算特别亲近。我们在口语培训班上的是不同的班级，说是朋友，其实也只不过是在中井组织的聚会上说过几句话罢了。但是，我觉得她有种不可思议的魅力。

和她交谈时，我感觉她似乎能看透我的内心。而且，她从不说没用的话。如果要分类的话，她应该属于那种内向的人，在心中隐藏着只属于她自己的“夜的世界”。我就是非常喜欢她这一点。

我把对长谷川的这些看法告诉了岸田。

“真是个有意思的人呐，”岸田说，“感觉这类人很容易遭到

‘神隐[1]’。”

“你还想说她被天狗掳走了不成？”

“关键是事件发生的地方啊[2]。而且那晚还正好是祭典。”

“我可不信那些东西。”

“哎，我也只是说有这个可能。”

不过，想来还真是讽刺。

消失后，长谷川在我心中的存在感好像反而增加了。我脑海中浮现出那个鞍马之夜，她被火把照亮的侧脸。她还在那个夜里——我总是不禁这么想，尽管我知道那不过是我的幻想罢了。

聊了一会儿鞍马的事后，我又说起了自己参加剧团的经历。我不是那种和谁都能聊得来的人，但面对岸田时我却总能说个不停。岸田和长谷川有着某种相似之处。长谷川就是一个乐于听别人讲话，却不怎么谈起自己的人。

“你现在在做什么？”我问道。

岸田说他正在画新的系列作品。

“所以才过着这种昼夜颠倒的生活。”

据他说，他是在从英国留学回来后的第二年，产生了绘制《夜行》系列的设想。考虑到自身实力不足，所以他没有立即着手，而是先借其他作品来磨炼技艺，同时通过打工筹集资金，等待着向《夜行》发起挑战的时机到来。经过三年的准备，他终于在这个冬天开始了《夜行》之旅。听了他周密的工作规划，我对他肃然起敬。

---

[1] 神隐：日本迷信中认为，失踪的人是被神或鬼怪隐藏起来了，简称“神隐”。

[2] 鞍马天狗是日本非常有名的传说。

我们深感意气相投，在酒吧街上一家接一家地几乎喝到了天明。

“下次来我画室吧。”

岸田说完便回去了，像是在逃避着黎明一样。有了这次相遇后，我便时常造访岸田的家。

去他家时总是在夜里。那是一栋位于鸭川堤坝下的古旧独栋房屋，房子的窗户中永远都流溢着光明。访客除了我之外还有很多，那些度过着无眠之夜的人被岸田家的灯火所吸引，聚集到了这里。这个集会被称作“岸田沙龙”。

岸田很喜欢听人说话，可以说是擅于倾听吧。和他说话，有一种语言被人从自己的内心深处牵引而出的感觉。房子里随意地摆放着岸田自己的作品，我们也会就那些作品展开交流。岸田自己也希望能听到作品观看者的意见，而且不论什么意见他都会虚心听取。我想，造访岸田沙龙的人一定也都为岸田的品德所吸引吧。

窗外无尽的暗夜也是岸田沙龙不可或缺的要素之一。在岸田家中和人交谈时，偶尔会有悬空在黑夜世界之中的感觉。聚集在这里的人们，全都像是在遥远的城市中再会的友人一样亲切。如果这聚会开在白天，或许就不会有这种感觉了吧。

剧团的内部纠纷、自身的债务危机，再加上家庭关系破裂，那是一段我人生中最为昏暗的时期。而岸田沙龙对当时的我来说，就像是世界深处的又一个不可思议的世界。在客厅中飘浮的咖啡香味、在画作前交织的话语、在鸭川沿岸进行的深夜散步……对早已结束了学生时代的我来说，那是又一段崭新的青春。这一切都是岸田给予我的。

但是，那些都已经是往事了。我这次乘饭田线时，距离岸田道生的死已经过去五年了。

○

读心术什么的，真的存在吗？

小时候，我读过一则名叫《觉》的山妖故事：一位樵夫在山中小屋过夜时，觉来了。“这下可麻烦了。”樵夫刚这么一想，觉便说道：“你刚刚在想‘这下可麻烦了’吧？”接下来，不论樵夫想到什么，觉都能马上说中。

小时候读完虽然被吓得不轻，但长大后再一想就会发现这其实没什么可奇怪的。人们在害怕时会想什么并不难猜，尤其对方还是一个住在山中小屋里的淳朴樵夫。只要是个机灵人，随便几句话就能把他唬住吧？

但这僧人的话并不是在唬人。

“说中了吗？”女高中生边问边看向我的脸。见我微微地点头示意，她随即向窗边的僧人投去了崇拜的目光。

“好厉害，您说的果然是真的呢。”

“既然那个人表示确认，那应该是真的吧。”

“我刚才还有点儿怀疑您呢，真对不起。”

“但我从你的脸上什么都没看到也是事实哟。”

僧人脸上摆出了令人厌恶的微笑。

“真奇怪啊……这是为什么呢？”

“肯定是因为我在发呆吧？我特别容易发呆，甚至连朋友有的时候都会被我惹生气，说我就像是在做着梦一样。”

说完，女高中生站了起来。“失陪一下。”她沿着通道向后一节车厢走去。可能是去洗手间吧。

僧人也回过头，目送她的背影走进了后一节车厢。一种不安的神情再次从他脸上掠过。看，这种程度的“读心术”我也做得来。随后他转回身，用充满暗示的眼神看着我说道：

“你不觉得她是个很不可思议的孩子吗？”

“你说那个女孩儿？”

“从跟她一起上车开始，我就觉得特别奇怪。”

“因为你拿手的读心术对她不管用吗？”

听我这么说，僧人哼了一声。

“你好像不相信我呢。”

“不相信。只是我还没想到你是怎么做到的罢了。”

“这世上有很多来历不明的家伙，疑心重点儿是件好事。”僧人轻轻地笑了起来，“话说回来，那孩子也是来历不明的家伙之一呢。”

“可在我看来她就是个普通的女高中生。”

“你真这么觉得吗？”

确实，作为乡下的女高中生来说，她的胆量有些太大了。僧人和我都是她偶然遇到的陌生人，说得难听一些，我们就是两个可疑的中年大叔，而她却能满不在乎地和我们相谈甚欢，这似乎不是一句“淳朴”就能说得通的。

僧人沉思着说道：

“我好像在哪儿见过那孩子。”

“当然了，都是本地人。”

“我不是本地人。”

“你不是说自己是高远一座寺庙的住持吗？”

“我是个假和尚。”

尽管我已经隐隐地察觉到了，但直接从本人嘴里听到这句话还是有些吃惊。但他却像从没说过这句话似的，看着窗外喃喃道：“从伊那市出发已经快两个小时了。那个孩子究竟要坐到哪里呢？”

“谁知道呢。直接问她就好了。”

我不悦地移开视线，看向左手边的车窗外。

这时列车正从高坡上开过，下方的偏远小镇全都笼罩在蓝色的薄暮之中。小镇正渐渐亮起点点灯火。更远处，天龙川泛着淡淡的光泽时隐时现。马上就要到天龙峡站了。过了这个以漂流和温泉闻名的旅游景点后，列车将驶入饭田线中最为险峻的秘境。那段区间有数个无人车站，鲜有乘客会在那里下车。再有不到一个小时，我们应该就会被夜的脚步赶上。

去洗手间的女高中生迟迟没有回来。

很快，天龙川宽广的河道就出现在了车窗外。

我出神地看向天龙川，忽然发现在对岸有一棵樱花树。盛放的樱花像发着光一般朦胧地浮在傍晚昏暗的背景上。我的目光一下便被它吸引住了。似乎不论车窗外其他景色如何向后飞逝，这棵盛开的樱花树都始终纹丝不动地立在那里。我叹了一口气。

坐在我视线外的僧人像唱歌一样地说道：

"梦见春风摇花落……"

我似乎听过这首歌。

我回过头，看到他已经脱了草鞋，盘腿坐在座位上，懒散地倚着车窗，像是厌倦了扮演僧人。他的手旁还放着一小瓶威士忌。

"住在京都是很久以前的事了。"

他忽然说道。

"当时我得了失眠症，但也因此遇到了一个对我特别好的人。那是个叫岸田道生的怪家伙。"

说着，他脸上露出了狡猾的笑容。

"我也参加了那个沙龙啊。你还没想起来吗？"

○

出入岸田沙龙的人五花八门。

来之前不打招呼也不会有任何问题。沙龙没有确定的集会日，虽然岸田有时会以"夜间探险"的名义出门散步，但他从没锁过自家的大门。来访者只需喝着咖啡，等待岸田结束夜间探险归来就好。虽然听起来轻率，但据我所知他家还没因此出过任何事情。

最初，在岸田不在时遇到其他来访者会让我感觉有些尴尬，但大家很快就都熟络了起来。艺术大学的学生、在一乘寺开旧货店的女老板，甚至还有自称来自欧洲的研究员。其中，四条的柳画廊的主人和我年龄相近，也最合得来。他的住处在相国寺背后，离我的公寓也不远。所以在聊到黎明后，我们常一起走着回家。

但是，参加岸田沙龙的人中，也有一个我怎么都看不顺眼的男人。他叫佐伯。

“我是个降灵术师。”

第一次在画室见到他时，他谄笑着如是说道。和他四目相对的第一眼，我就感觉到了反感。佐伯穿着华丽的开襟衬衫，头发和胡子全都杂乱地生长着。偶尔开口谈到工作，也只会像诈骗犯一样说些充满铜臭味的事。据开画廊的柳先生所说，佐伯似乎是在给一个以飞驒为据点的新型宗教团体干活，而且和一场抢占某独立寺院的骚动也有关联。

“还是提防着点儿比较好。”柳先生说。

见过几次面后，佐伯曾当面问我：“你，是不是讨厌我？”

“嗯，应付不来。”我说道。

他谄媚地笑了起来。

“我喜欢坦诚的人，因为我也很坦诚。”

这个和我同乘饭田线的假和尚，就是那个佐伯。

谜底被揭开了。刚刚那一出不过是骗小孩的把戏，他根本就没有读我的心，只是原本就知道我在京都时的事罢了。不过我没能认出他也是没办法的事，离开京都后我就再也没想起过他，何况他还剃了光头、穿上了僧衣，任谁都会把他当成另一个人。知道身份后再看向他，眼前这位僧人那谄媚的笑容确实是佐伯的模样。

我不知道佐伯当时正被失眠困扰着。他总是一副快活的样子。那是一种甚至会惹人反感的，硬撑出来的快活。他还总是喋喋不休，不愧是敢冒充降灵术师的人，对于宗教啊传说啊之类的虽然没什么真才实学，却也能说出个一二来。由于岸田对这些很感兴趣，所以佐伯来沙龙时常会说些关于佛教历史或悟道的事。

佐伯有一次说到了“魔境”。

当时，一个大学生说：“我们绝不可能看到这个世界的本来面目。而艺术家的使命，就是替我们取下蒙蔽着双眼的种种事物，使我们得以窥探世界的真相。”而佐伯却对此嗤之以鼻：“那些不过是魔境罢了。”

所谓魔境，是指僧人在修行悟道时误入歧途所进入的境地。

“《今昔物语集》[1]中有个叫《伊吹山三修禅师为天狗迎去》的故事。”佐伯开始了讲述。

曾经，在伊吹山有位名叫“三修禅师”的高僧。他潜心念佛，只求能去往极乐净土。某天，他听到空中传来“吾将接引汝往极乐净土”的声音，便喜出望外地念经等候，忽见观音菩萨光芒四射地出现在西方的天空中，拉住禅师的手将他引至空中，他便如此踏上了前往极乐世界的旅途。谁知七天后，人们发现他被绑在一棵大杉树的顶端，仍在念着经。弟子们想救他下来，他却吵嚷着责问他们“为什么妨碍我往生？”看样子像是被天狗蒙骗了。人们把他带回去治疗，可他没能恢复神志，三天后便断了气。

“要让我说，什么艺术家，全都跟这个一样。”

说完佐伯笑了起来。

佐伯不仅不承认岸田工作的价值，对我的工作更是不屑一顾。

---

[1] 《今昔物语集》：日本平安时代的故事集，共31卷。因每则故事都以日语“今ハ昔”（很久以前）开头而得名。

他还扬扬自得地说自己绝不会被任何东西骗到。我实在是不明白岸田为什么要和这种人交好，也曾好几次对岸田苦言相劝。

但岸田却总是平和地回以微笑。

“因为人本就是这样形形色色的呀，”他说，“而且我觉得佐伯君的话中，总是有那么一些道理。”

○

佐伯向我递过那一小瓶威士忌。

“能在这种地方同乘一辆车，真是奇妙的巧合啊。是岸田亡魂的指引吗？”

“还以为不会再见到你了。”

“你是不想再见到我吧？”

“我根本就没有想到过你。”

我咽下一口廉价的威士忌。

的确可能是岸田的指引，我想。

我并不相信灵魂的存在，佐伯应该也一样。既然我想不出任何合理的理由，来解释他为什么要特地跟踪我坐上饭田线，那么不论是把这叫作偶然，还是友人亡魂的指引，都不过是语言表达上的差异罢了。

我把小瓶威士忌还给了佐伯。与此同时，我的视线落到了他立在侧前方座位上的包裹上。

我忽然产生了一个想法：那不会是岸田的作品吧？

○

那件事我记得很清楚，因为它就发生在岸田死去的那个春天。

那天我到岸田家时，夜已经很深了。

画室和客厅都灯火通明，连玄关都飘散着咖啡的香气，但整栋屋子里却静寂无声，仿若一艘乘客和船员全都消失了的幽灵船一般。

岸田应该是去夜间散步了吧。

我坐到客厅的沙发上，边喝凉掉了的咖啡，边看向屋外的庭院。庭院里的树木没有精心打理过的痕迹，就像原始丛林一样繁乱茂盛地生长着。我原本坐得有些昏昏欲睡，结果忽地一激灵，从沙发上站了起来。我好像听到了什么响动。

响动似乎是从房屋深处的一个小房间传出来的。

那个小房间在朝向庭院一侧的檐廊尽头，只有四叠半大小，就像个储物间。岸田把那里叫作“暗室”。房如其名，那个房间的窗户全被封死，一丝光线都无法进入。岸田常把自己关在那个暗室里构思作品。难道岸田现在正在暗室里？但这也有些不合常情。他一直以来都是送走访客后才会进暗室闭关的。

我走近暗室，发现暗室的门开着一条小缝。客厅的灯光顾及不到这里，因此从暗室的门缝中能看到的只有黑暗。我侧耳细听，没听到任何声响。

“岸田，你在里面吗？”

慎重起见我问了一声，但没人应答。

我回到客厅，又一次坐到沙发上，心却怎么也静不下来，感觉就像是有个来历不明的人正坐在暗室里。因此，我下意识中一直竖着耳朵，但在那之后再也没听到任何响动。我也不知道自己为什么会有如此异样的感觉。这时客厅的挂钟突然敲响了凌晨两点的钟声，吓得我心脏几乎停止了跳动。我再也没法一个人在这栋房子里待下去了。想到岸田此刻可能正在鸭川边散步，我于是出门向鸭川走去。

穿过住宅区，登上石阶，眼前便是与公路并行着延伸向远方的鸭川堤坝。时间正是丑时三刻[1]，因此路上没有什么车。鸭川上一派灰暗，对岸成片的住宅区都笼罩在夜色之下。远方东山漆黑的山影绵延不绝。

我在鸭川的堤坝上向北走着，忽然产生了一个感觉：

“所有的夜，都是同一场夜的蔓延。”

就在我独自于夜间徘徊的同时，无数遥远的街市也正处于同一场夜的笼罩之下，数亿人的梦都被这场夜联系在了一起。这一切虽然听起来理所应当，但在当时的我心中却无比庄严。再没有哪里比岸田沙龙更能使我感受到夜的本质了。是岸田教会了我夜的世界有多么宏大。

鸭川的堤坝上有棵盛放的樱花树，树下坐着两个男人，一个是岸田，另一个是佐伯。

看到他们两人的瞬间，不论是在岸田家感受到的恐惧，还

---

[1] 丑时三刻：凌晨 2 点至 2 点 30 分之间的时段。日本传统文化中学习了中国古代的计时单位，以十二个时辰为一天，每个时辰分四刻。同时，丑时也是日本传说中妖怪出没的时间。

是对夜之宏大的感慨全都从我心中消失了，取而代之的是纯粹的嫉妒。我很想问岸田，为什么你要和佐伯这种人一起进行夜间散步？这种人懂什么？难道不是只有我才能理解你的孤独吗？嫉妒之深连我自己都没有想到。而更让我生气的，是佐伯似乎看穿了我的嫉妒。见我走近后，佐伯露出了得意的笑容。接着岸田也转过头来。“呦，”他举起了细弱的胳膊，“不知不觉间夜樱都开满了呢。”

我在岸田身旁坐下后说道：

“我在你家等你来着，可你怎么也不回来……”

“抱歉，一不小心被樱花给迷住了。”

“很漂亮吧，田边君？”佐伯说，“我肮脏的心灵都被它给净化了。”

一阵春夜的凉风吹过，白色的花瓣从树上飘落了下来。

岸田抬头望着白得耀眼的樱花树梢说道：

“梦见春风摇花落……”

“你说什么？”

岸田没有回应佐伯的疑问，只是接着念了下去。

“梦醒心绪仍难平。”

岸田说，这是西行法师[1]所作的和歌。在说这句话时，他的脸就如同夜樱一般苍白泛青。从冬天起他便以异常的势头投入到了工作中，一直忙碌到了春天，想必已经十分憔悴了吧。

“你们知道吗？”岸田说道，“这就是‘夜行’。”

---

[1] 西行法师（1118—1190）：日本武士、僧侣、歌人，俗名佐藤义清。

○

直到列车停靠在天龙峡站女高中生才回来。

当时我正把脸贴靠在左手边的窗户上，遥望着天龙峡对岸的酒店的灯火。群青色的天空中仍残存着一丝光亮，窗外昏暗的风景上叠映着我和佐伯的脸。

“马上就要被夜赶上了。”

在我这么想着时，车窗里的风景上又映出了一张女人的脸。那是位皮肤像夜樱一样白皙的美丽女性。我感觉好像在哪里见过她。我正看得出神，她却忽然对我笑了起来。猛地一回头，我发现刚刚去了洗手间的女高中生就站在我身后。

“我回来啦。”

她用爽朗的语气说着，不偏不倚地坐到了我的对面。我吃惊地看着她的脸，感觉她的样貌似乎和之前有了些许不同。她看向佐伯，笑着说：

“大师，您好悠闲呢。”

“哟，小姑娘。我还以为你一声不吭地下车了呢。”

“我才不会那么做。”

“你是要坐到哪儿呀？”

“……开到哪儿就坐到哪儿。”

她说着“呵呵呵”地笑了起来。

列车很快从天龙峡站发车，驶入了深山。

铁路右侧是个开阔的山谷，天龙川吸收着夜的黑暗，像条黑线般从谷底流过，对岸是一片由白色沙砾形成的河滩。随着列车接连进出隧道，夜也越来越深。不久，列车停在了一个无人车站，我们周遭完全被寂静所笼罩，仿佛列车不会再次发动了一般。我所在的车厢中只剩下了我们三名乘客，刚从伊那市站出发时的那种嘈杂似乎已是很久之前的事了。

女高中生看着对饮起威士忌的佐伯和我问道："你们成了好朋友吗？"

"不是你想的那样。"

我向她讲了岸田沙龙的事，又告诉她我是因为那个沙龙，才认识的佐伯。"所以这家伙的读心术纯粹是胡说八道。"我说。"喂喂。"佐伯苦笑起来。但她却似乎一点儿也不介意佐伯的欺诈行为，反而对我们这两个在京都的旧相识居然会在这么偏僻的地方同乘一趟列车这件事更感兴趣。

"居然会有这么巧的事。"

"但并不是什么让人开心的巧合哦。"我说。

她想了一会儿说道：

"那个叫岸田的，是位画家吧？"

"是呀。"我点头道。

于是她伸手指向了佐伯的包裹：

"那里面，是那个叫岸田的人的画吧？"

她的话像冲上沙滩的水一样冲散了佐伯脸上的笑容。佐伯的视线随即变得尖利、可怕，紧紧地盯着她，可她却丝毫没有动摇的样子，不知是因为迟钝还是胆大。

"喂，不是吗？"

佐伯硬挤出笑容，摸起自己的光头。

“你好像也会读心术呢。”

“我只是忽然有这种想法而已。”

“你说的没错，这里面就是岸田的画。是他死前交给我的。虽然我不懂它的艺术价值，但为了表达对他那种活法的敬意，我总把这幅画珍惜地带在身旁。”

“这就是所谓的友情吧。”

“我也说不好。真有那么高尚吗？”

为什么佐伯会带着岸田的画？

我从没买过岸田的画。当然没钱是一方面，但其实只要我表示想买，岸田就会送给我的。关键是，我清楚那些画是岸田燃烧生命创作出来的世界，所以不会愚蠢到试图用钱把它买下来。在我看来，这种禁欲的姿态，便是我对岸田最大的尊重。正因如此，当看到那个视岸田的艺术如笑柄的佐伯带着岸田的画时，我才会出离地愤怒。

佐伯拿过包裹放到腿上。

“你们要看看吗？”

包裹下出现的，无疑正是岸田的铜版画。

一条漆黑的河流正从昏暗的山谷间流过。不知从哪里投来的光线映在水面上，给河水增添了几份诡异的光泽。河对岸黑色的大山直冲云霄，山脚下一片宽广的白砂河滩和一棵璀璨绽放的夜樱很是惹眼。樱花树下站着一位没有脸的女性，她正高举右手，像是在从画中向我打着招呼。

梦见春风摇花落……

“这就是《夜行》系列之中的《天龙峡》。”

“真是幅神奇的画啊，就像是梦里的风景一样。”

“岸田画的全是这种俗气的东西。”

佐伯脸上再次浮现出淡淡的微笑。

“因为他着了魔了。”

“大师您之所以来这里，是因为这幅画吗？”

“也有这方面的原因吧。因为我有点好奇到底存不存在画中这样的风景。”

佐伯坦白道。听起来像是真话。

女高中生把脸贴近铜版画，专心致志地看了起来。

“这上面有个女人。她是谁？”

“是个幻想出来的女人。”

“幻想出来的女人？”

“岸田就是为了见到他幻想出来的女人，才画了这些画。”

“你不懂就不要乱说，”我说道，“岸田的画才没有那么肤浅。”

“你还真的一点儿都不知道啊。”

佐伯说，岸田曾反复给他讲过好几次关于让画中的女人出现的故事。岸田留学时的老师有一幅旧铜版画，关于那幅画还有一则鬼故事。岸田应该就是听了那个故事后，才开始对让画中的女人出现这件事感兴趣的。但是，我一次都没听岸田说起过这些事。佐伯一定是随便编了个故事来贬损岸田吧，我想。

佐伯接着嘲讽似的说道：

“那家伙就是被画中的女人杀了。他应该也没什么怨言吧，毕竟也算是了了他的心愿。”

漆黑的车窗上映着我们三个人的身影。这时，那个女高中生的脸引起了我的注意。车窗上的她此刻正站在我身后向我微笑，她的脸上多了几分成熟的味道，看起来就像另一个人一样。

○

《夜行》系列所描绘的确实是一个神秘的女子。

但岸田不喜欢讲解自己的作品，所以即便有人问他“这个女人是谁”，他也不会回答。

“是我在暗室里见到的。”

人们至多能得到这样的答案。

岸田从每天日落后开始工作，等告一段落时已经是深夜了。之后他会出门进行夜间散步，回来后和岸田沙龙的来访者们展开交流。不过，来访者们必须在黎明前离开。来访者们离去后，他便进入暗室开始构思。

《夜行》系列就是岸田在那个暗室中构思出的。暗室里有一个单人沙发和一只边几，边几上放着小速写本和铅笔。他坐在黑暗中耐心等待，一旦有意象从黑暗中闪过，他就会迅速画在速写本上。之后将那些素描分类、组合，就构成了一幅幅作品。也有时，他的暗室构思一无所获。但只要待够时间，他就会走出暗室去到二楼的寝室睡觉，终日不见一眼太阳。他就像苦行僧一样坚持着这种怪异的创作方式。

我曾经担心地劝过他很多次。

“你脸色可越来越差了啊。”

“是吗？我倒感觉自己状态还挺好的。”

“你也该休息了。”

“也是。我把现在的工作告一段落就……”

最终，是他的死帮他把工作告了一段落。

在被他的死亡打断之前，《夜行》系列已经完成了四十八幅。尾道、奥飞驒、津轻，虽然每一幅都标注着地名，但其实并不是他实地取材所画成的。赋予他关于那些地点的灵感的，是深夜造访岸田沙龙的客人们。

夜间岸田沙龙的景象总是让人无比怀念。铺着木地板的客厅中永远都充斥着温暖的光线，飘浮着咖啡的芳香。岸田还会不时地做一些食物招待来访者。站在岸田的画前展开讨论时，大家都会讲起自己某次旅途的回忆。佐伯和我也都讲过。我们谈到了伊势、谈到了砺波，还谈到了长崎，等等。岸田会专心地听访客讲述。访客的故事和他在暗室中的冥想相互结合，又一幅《夜行》便应运而生。

我曾和岸田一起进过一次暗室。

门关上后，便是伸手不见五指的黑暗。那感觉很奇妙。我联想到了清水寺[1]的胎内漫步[2]。黑暗中，我甚至捕捉不到就在我身旁的岸田的气息。

“岸田，你真的在我旁边吗？”

---

[1] 清水寺：位于日本京都市东山区的古寺，供奉千手观音。寺中的“清水舞台”是极为著名的观光胜地。

[2] 胎内漫步：清水寺随求堂中供参拜者体验的项目。随求堂内供奉着大随求菩萨像，入口处有通道供人进入佛堂地下——也就是菩萨的“胎内”——参拜。

“谁知道呢。你觉得我们现在在哪里？”

岸田的声音听起来很远，我忽然觉得包裹着我们的黑暗变得无比宽广。

“这黑暗通向任何地方。”岸田说道。

○

佐伯重新盘腿坐下，看着立在对面座位上的铜版画说道：

“那家伙，真是个怪人啊。”

“这点我同意。”我说。

“他被魔境陷住了，再说什么都没用了。”

他感怀地轻叹道，接着喝起了威士忌。他的声音中流露出了真情。佐伯应该也在以他自己的方式，怀念着参加岸田沙龙的那段日子吧。

“你，看到过叫《曙光》的画吗？”

佐伯突然说道。

我惊讶地抬起头。

“你是说《曙光》系列？”

“看到过吗？”

“没有，没见过。”

我听岸田说起过那个系列作品。《曙光》是与《夜行》相对的一个系列。如果说《夜行》描绘的是无尽的夜，那么《曙光》描绘的则是那绝无仅有的黎明——岸田曾这么对我说过。但是，连画廊的柳先生都不曾见过那个系列。我想，《曙光》恐怕只存在于岸田的想象中吧。

“你见过吗？”

“没见过，”佐伯说，“你松了一口气吧？”

我苦笑了几声。被他说中了。

佐伯看着铜版画低声嘟囔道：

“你不觉得岸田真的应该把《曙光》画出来吗？怎么能那么轻易就被这种画给蛊惑了啊！”

这句话中充斥着他的情感。

女高中生站起身坐到佐伯旁边，双眼看着铜版画，用手指向画中那个没有脸的女人说道：

“岸田他是爱上了这个人吧？”

“……小姑娘，那怎么能叫爱呢。”

“就算对方是画里的人，爱也依旧是爱呀。”

“你真温柔呢。”

佐伯看着女高中生的脸笑了。

“然而我在看这幅画时却会感到恐怖。我会觉得就是这家伙把岸田带走了。你知道为什么这幅画叫‘夜行’吗？那是‘百鬼夜行’的‘夜行’啊。岸田画的女人全都是鬼，所以才没有脸。它们是生长在岸田的魔境中的怪物，最终从画中跑了出来把岸田吃掉了。尽管这也是岸田本人的愿望。”

佐伯说完将视线转向了窗外。

我们静静地听起车厢连接处“吱呀”的声响。

列车行驶在黑暗中。窗外连绵的森林断开了，取而代之的是一座建在河畔的变电站。驶过变电站后，车窗上逐渐映出了些许民宅的灯火。列车随后停在了一个山间小镇上。

“真是不论什么地方都住着人啊。”佐伯说道。

在伊那市站乘上这班列车，仿佛已经是好几天前的事了。同佐伯的意外再会使我的思绪在京都时期的记忆中兜了一大圈。而且随着列车的行进，车窗外的景色也已经换了几轮。列车再次启动后，山间小镇上的灯火就又像被黑夜吞噬了一样，消失得无影无踪。

列车刚开出不远，昏暗的山脚下出现了一排像船屋一样的木造民宅。从天龙川的河岸上延伸出的栈桥正亮着电灯，照出了几艘浮在河面上的小船。

女高中生忽然问佐伯：

“岸田他是怎么死的？”

“他是在孤单一人时死去的，”佐伯说，“心脏在深夜中停跳了。可能是劳累过度了吧。”

“你有没有觉得他很可怜？”

“怎么说呢。死了就都完了。仅此而已。”

这时，女高中生看向了坐在她身旁的佐伯的侧脸。

“怎么了？”佐伯不解地问。

“所以你就把那幅画据为己有了吗？”

佐伯听了这句话面色铁青。

“……你说什么呢，小姑娘。”

“岸田他那时看起来就像睡着了一样吧？”

“……喂，等等。”佐伯说。

女高中生径自说了下去。

“你伸手抚摸了那个人的脸颊。动作很温柔。仿佛对方是你的恋人一样。”

佐伯茫然地呢喃道：

“……你怎么知道的？”

○

“我曾经劝过他很多次。”佐伯说。

从去世前一年的秋末起，岸田便以异常的势头投入到了工作中，就像是察觉到了自己的死期一样。或者说，他之所以采取那样的工作方式，就是为了加快自己死期的到来吧。

佐伯也很担心岸田的身体状况。在他看来，岸田是陷入到名为“夜行”的暗室中了。嘴上说着什么艺术，实际那些出入岸田沙龙的人不过都是在看热闹罢了，他们不就是想看岸田自己逐渐走向破灭吗？

“要不要先把画的事放下，出去走走？准备工作我来做。就去你画在《夜行》上的那些地方怎么样？”

佐伯如此邀请过岸田很多次。

岸田似乎也很感兴趣。

“好呀。等我画够五十幅就开始这趟探险之旅吧。”

他如是说道。

然而在那个春夜，佐伯到岸田家时，却看到了靠坐在沙发上、脑袋低垂的岸田。佐伯伸手触碰向岸田的脸颊。岸田就像睡着了一样，只是身体已经凉透了。佐伯很快就意识到岸田已经救不回来了。

“我当时就想，一切都完了。”

佐伯从座位上探身把铜版画拿到了手里。

“我决定当晚就离开京都。就那么把岸田放在那里我也有些于心不忍，但反正他已经死了，什么都不知道了。总之我不想牵扯进他的突然死亡里被人无端猜疑，而且就算我什么都不做，你们这些爱来凑热闹的人也会很快发现他的。于是我想就这么跑掉，但忽然这幅画引起了我的注意。岸田就把它放在桌子上。虽然对他所谓的艺术毫无兴趣，但不知为什么，唯独这幅画我特别想要据为己有。或许是想留下一件他的遗物吧。”

“之后你就擅自把它带走了？”

听我这么问，佐伯盯着手中的铜版画皱起了眉，像是在努力回忆着什么。

“之后……之后我做了什么呢？”

客厅的挂钟响起了钟声。佐伯拿起放在桌子上的那幅铜版画，像只受了惊的动物一样小心地听着身边的动静。挂钟的声音消失后，周遭瞬间安静了下来。随时都可能有人来岸田沙龙。

“要是给人看到就麻烦了。”

尽管心里这么想，但他的身体却没有动弹。

客厅窗外的庭院沉入了浓重的黑暗之中。佐伯看到了玻璃上映出的靠在沙发上的岸田，以及抱着铜版画的自己。两个人看起来都像幽灵一样。为什么会这么安静呢？简直像踏入了无尽的夜一样。

这时走廊深处传出某种声响。

佐伯知道，那里只有那间被封死的暗室。“会是岸田吗？”这种想法无意间浮上了他的心头。他慌忙打消了这个念头。“我是在想什么蠢事呢。岸田不是死在我眼前了吗？”

但屏息细听后，暗室中似乎确实有人的动静。“要是有人看到我后藏了进去，之后就该说不清楚了。必须得马上去确认一下。”

佐伯想着，穿过幽暗的走廊向暗室走去。

“然后……”

佐伯嘟囔出这两个字后便噤声了。

“然后？”

我催促道，但他没再说什么。

这时列车停靠在了一个山间的无人车站。

佐伯抓住旅行包站起身，推开女高中生沿通道走远了。无疑是准备下车。

这也太突然了。

“喂，等等。你要在这种地方下车吗？”

我站起来喊道。

佐伯表情僵滞地回过头：

“是那个女人杀了岸田！”

他的声音听起来就像在哀号。

佐伯跌跌撞撞地下到了无人车站。不久，列车开动了，他那张死人似的脸消失在了夜的黑暗之中。

○

我坐到女高中生对面。

她笑了。

“那位大师就这么下车了？”

“也不知道他是怎么想的，居然在那种地方下车。”

“真可怜呢。”

我看着她被车内灯光映出的脸。

越看越有种被她吸引的感觉。我知道她不是个普通的女高中生。她是来历不明的女人。但我却并不觉得她可怕，反而是一种充满怀念的美妙感觉涌上了我的心头。

她看向窗外，凝视起那深邃的黑暗。

“在夜里做梦时我去过很多地方……”

“你都会去哪里？”

“我想去哪里都可以。因为夜连通着每一个地方。”

我也随着她看向窗外。

驶过一片森林后，车窗外出现了漆黑流淌着的天龙川。沿着天龙川有一条白砂河滩，背靠着茂密的黑暗森林。

在河滩上，我看见了一棵花朵繁茂盛开着的樱花树。每一片花瓣都在夜空下透着冷调的光。樱花树下站着一位女性，正举着手，像是在招呼我一样。这正是岸田铜版画中的风景。

“夜连通着每一个地方。”

女高中生耳语似的说道。

“梦见春风摇花落……”

我将视线从车窗上移开，看向坐在对面的她。

她的黑发上落了一片樱花花瓣。从她白皙的脸上我看到了岸田的影子。我伸出手，想摘下那片花瓣。这时我终于知道了。这个女人就是岸田在魔境旅途中遇到的鬼。

我想起了岸田在那间暗室中对我说过的话。

“艺术家的使命，就是描绘出被隐藏起来的真实的世界——这真是再有道理不过的说法了。但是，我不相信这个既理性又浪漫的解释。因为根本就不存在什么真实的世界。在我看来，世界就是一个摸不到边际、无尽延伸的巨大魔境。田边君你一定可以理解我的意思吧。如果我画中的夜色是魔境，那么那棵令人想起西行法师的、美丽动人的樱花树便也存在于魔境之中。我们全都被卷到了无尽的魔境之夜里。”

“世界就是一场夜。”岸田说道。

○

在那个春夜，我也去了岸田家。

走出位于御灵神社[1]旁的公寓后，我步入了深夜中的住宅区。夜间的空气有些凉，周围充斥着浓稠的黑暗。

从我的公寓到岸田家的路错综复杂，既会路过华丽的高档住宅，也能见到废弃的旧屋和小型的家庭菜园。穿行在狭窄道路上的我忽然停下了脚步。在街灯的照射下，夜樱的花瓣开始飘落了。

这时我产生了离开京都的想法。

由于问题接连不断，我所在的剧团从去年秋天就停止了活动。

---

[1] 御灵神社：一种神社的名称。日本各地都有名为“御灵神社”的神社。在日本宗教文化中，设立御灵神社的目的，是为了镇压因天灾人祸产生的怨灵。

我就算在京都继续打拼下去也没什么意义了。在丰桥的父母也要我回去。这也许就是舍弃过往从头再来的最好时机。我留在京都的理由如今就只剩下岸田了。

岸田的家和往常一样，在夜空下散发着璀璨的光芒。

但是屋里却没有任何声响。

我走进客厅，看到了岸田。我叫了他一声，没有应答。再摇动肩膀，他也没有反应。他已经死了。眼前的桌子上只有一杯凉了的咖啡。我心里出乎意料地平静，拿起电话叫了救护车。

之后我坐到了岸田身边。他就像睡着了一样，脸上还露着淡淡的微笑。在我看着他的脸时，岸田沙龙伴随我度过的岁月也在我脑中苏醒。

"这样啊，你原来是去旅行了啊。"

我在心中向岸田说道。我没什么艺术素养，可能都没资格喜欢你的作品。但是我永远都尊敬你，即便你跨过漫漫长夜抵达的终点是魔境也无所谓。我在这之后就会离开京都。尽管前路未卜，但对我来说，人生中可能不会再有哪段日子，像和你一起度过的这些夜晚一样了。

这时走廊尽头的暗室中似乎传来了某种响动。

我的确记得自己站起来穿过走廊走向了暗室，但在那之后的记忆全都模糊不清了。救护车也确实来了，但我同样不记得当时是怎么和急救人员交代的。我清楚记得的，就只有打开暗室门后，进入那片浓稠黑暗的瞬间。那一瞬间，黑暗中有某种小而柔软的东西飘落了下来。似乎是樱花的花瓣。

我忽然觉得包裹着我的黑暗变得无比宽广。

“世界就是一场夜。”我嗫语道。

〇

列车仍在黑暗中行驶着。

我把樱花瓣放在手掌中观察起来。

我想，从那一晚开始，我就一直在那个暗室中。

失去了岸田后，我总觉得自己生活在一个不属于我的地方，眼睛看到的东西都没有办法进到我的心里。如今我终于知道那是为什么了。我在东京和丰桥度过的那段日子，不过是在不断行驶着的列车的车窗上，映出的一场梦罢了。

我们全都被卷到了无尽的魔境之夜中。

“……这里是那间暗室吧？”

“是的。我们一直都在一起。”

她说着微笑了起来。

我深深地坐进坐席中，安心地长吁了一口气。

终夜 鞍马

贵船的旅店外，如注的大雨渐渐转小了。

“再不出发该来不及了。”

中井学长自言自语似的小声说道。

进来收火锅的旅店店员一副惊讶的表情，不过那也是理所当然的。我们几个说是来参观鞍马火祭，却一点儿要出门的意思都没有。

武田君和田边先生摊开赛马报纸猜起了明天菊花奖[1]的结果，藤村则在隔壁房间躺着醒酒。尽管知道再这么耗下去祭典就要结束了，但我却怎么都没有动身的心情。不知他们几个的感受是不是同样如此。

[1] 菊花奖：日本中央竞马会在京都竞马场举办的例行赛马比赛。第一名的奖金为 1.15 亿日元。

中井学长拿过一瓶啤酒，给我倒了一杯。

“你喜欢长谷川吧？”

“我们都是这样吧？”

“……也是啊。当然了。”

中井说着微笑起来。

○

等到我们终于决定启程时，雨已经停了。

我们请旅店的人开车把我们送到了贵船口站，在那里坐上了叡山电车。虽然只有三三两两的乘客，但车厢里的地面却很脏，空气也很混浊。想必就在我们围坐在贵船旅店的火锅前时，这趟小小的叡山电车已经运送过了大批的游客。

电车抵达鞍马站时火祭已经结束了。

“这就是所谓的‘后日祭[1]’吧。”武田君说。

鞍马站前，准备踏上归途的游客排起了长队。这个平日里十分清寂的山间车站如今一派热闹的景象。我们走到鞍马寺的山门前，披着雨披的警察们正疏导着游客。被雨水浸润的火把灰烬染黑了柏油路面，脚踩上去还会发出细细的声响。我们伫立在鞍马寺的石阶下，遥望着祭典渐渐褪去它的喧嚣。一种如释重负的感觉在我们之间弥漫开来。虽然谁都没说出口，但在贵船的旅店里

[1] 后日祭：日本传统祭典多分为前祭（主祭）和后日祭，一般大型庆祝活动都集中在前祭，等到后日祭才到就什么都赶不上了。因此也用“后日祭”的说法表示来迟一步的失望悔恨。

时，我们每个人似乎都边倾听着雨声，边等待着祭典的结束。

中井学长开口提议：

“我们溜达到贵船口怎么样？”

“雨不会再下了吗？”

藤村抬头看向天空。

天空中一颗星星都没有。

“但电车肯定很挤吧。”

听了武田君的话，田边先生点头附和道：

“我可不想坐那个像押寿司[1]一样的叡山电车。”

“那就走吧。”

我们跟在中井学长身后迈开了步伐。

山门前是成排的特产店和民宅。孩子们正围着玄关前的篝火玩耍着，夜间祭典火热的余韵看来还要再持续一阵。不过，走出五分钟的路程后，路边民宅便稀疏了起来，鞍马寺的喧闹也断绝在了我们身后。道路左侧幽暗绵延的杉树林向外渗着夜间的凉气。由于交通管制，路上没有车辆来往。柏油路面上空空荡荡的。

“真是条孤单的路啊。”藤村喃喃道。

我想到，也许这条夜路正连通着另一个世界，而长谷川就生活在那里。自她在鞍马火祭上失踪起已经十年了，我们至今仍不知道她下落何方。我有种感觉，似乎那个把她吞噬了的洞穴，至

[1] 押寿司：历史相对悠久的寿司种类，将常见的鱼肉和添加了醋的米饭塞入木制模具中压制而成。“箱寿司”便是押寿司的高档版本，如今常见的“握寿司”更是从押寿司演变而成。

今仍在这鞍马的某个地方张着它的嘴巴。

中井学长不知什么时候走到了我身边。

“明天，咱们一起去看岸田道生的铜版画吧？”

“好呀。”

“话说回来，还真是神奇的巧合呢。”

我回想起大家在贵船的旅店中讲述的故事。

听完中井学长讲述的在尾道的商务酒店看到岸田道生的画的经历后，其他几个人也分别说起了自己某次旅途的回忆。尾道、奥飞驒、津轻、天龙峡，都是些再平凡不过的旅途。当然，说这些旅途平凡的前提，是要剔除掉一个奇妙的共通点——在这些旅途中，他们都曾见过岸田道生的铜版画《夜行》。

在中井学长的故事里，他是去追寻离家出走的夫人，对如今的人们来说，这是常有的经历。武田君、藤村，以及田边先生的故事也是同样。而且，他们每个人都平安无事地结束了旅程，回来了。

“但是也存在没法平安回来的可能。”

这句话忽然浮现在我心里。

被旅途终点赫然开裂的洞穴所吞噬——这种可能性并不低。

就像那晚的长谷川一样……

溪流对岸的杉树林前，叡山电车疾驰而过。我们在公路的一旁停下脚步，出神地看着飞奔在夜幕下的电车。车轮发出的尖锐的“吱吱”声和溪流的水声掺杂在一起，之后离我们远去。

眼前如梦似幻的风景，让我想起了白天在画廊的橱窗中见到的岸田道生的铜版画。

○

时过晌午的画廊中，画廊主人柳先生给我讲了个神奇的故事。

“岸田还有一套神秘的遗作呢。”

岸田道生是从十年前开始了《夜行》系列的创作，正好是长谷川失踪的那年。从开始到他死去为止的大约两年半时间里，他共创作了四十八幅作品。

柳先生说，岸田在生前曾向他透露过自己有个尚未发表的系列作品。那是个与《夜行》相对的铜版画系列，统称《曙光》。岸田曾说，如果说《夜行》描绘的是无尽的夜，那么《曙光》描绘的则是那绝无仅有的黎明。

“参加沙龙的人们都很期待的。”

“沙龙？”

“当时，有些人会在深夜里聚集到岸田家里。所以就管它叫作‘岸田沙龙’。当然，我也是其中之一。”

“那，有人看到过《曙光》吗？”

“没有一个人看到过。”

柳先生说着微笑起来。

叡山电车驶过杉树林后，四下再次安静了下来。我们接着向前走去。

《曙光》系列一直在我脑中挥之不去。既然《夜行》是足有四十八幅作品的宏大系列，那么《曙光》理应有着和它相当的规模。然而柳先生却说，在整理岸田的遗物时没发现任何与《曙光》有关的线索。是岸田撒了谎想捉弄别人吗？还是说，他在某个地方偷设了一间秘密画室呢？

我走到田边先生身边问道：

“那个，关于岸田道生……”

听了我关于岸田道生《曙光》的问题，他挠起长满胡茬的下巴笑着说道：

“我想那只是岸田的恶作剧吧。”

“就是说他骗了大家？”

“怎么说那家伙也是个怪人啊。”

田边先生零散地讲起了他参加岸田沙龙的那段日子，语气中饱含深情。我眼前浮现出了那群聚集在岸田家中谈笑至天明的人的身影。岸田就站在他们的中间。一位踏上了探寻无尽之夜的旅途的，神奇的铜版画家……

“岸田家里有间暗室，他就在那里面等待《夜行》的灵感降临。奇怪吧。”

“听起来就像洗照片一样。”

“我也和他一起进去过。里面感觉很怪的。那间小屋就像会不断地扩大一样。不知不觉间就连自己在哪儿都分不清了。”

身后传来了中井学长他们爽朗的笑声。田边先生将目光向后瞥去，开玩笑似的说道：“真吵啊你们这帮家伙！”然而等他把脸重新转向前方后，我却发现他的表情十分严肃。

“我会觉得，自己似乎至今仍在那个暗室里。”田边先生说道，“当然，只是偶尔才这么觉得。”

“我好像可以理解那种感觉。”

我们不久便走到了贵船口的岔路口。周围回响着山溪的水声。左手边的路向下延伸，通向京都的市区，沿右后方的路折返一段，则是贵船口站。我和田边毫不犹豫地转向右边，朝贵船口站走去。走了一小段后，田边看向后面惊讶地说道：

“欸？他们没跟上来啊。”

我看向消防队楼上的红灯。

十年前……

在鞍马火祭的人潮中，我们全都走散了。火把上飞散的火花和赤膊的男人们呼出的热气浮现在我眼前。烟蒙蒙地飘向天空。穿过成排的火把后，眼前的夜色似乎更浓了几分。那时，我为什么会把长谷川给丢了呢？我明明那么专注地望着她，就像紧紧牵着她的手一样……“我会觉得，自己似乎至今仍在那个暗室里”，我越发能体会田边先生的心情了。

忽地我回过了神，说道：

“要给旅店打个电话，让他们来接吗？”

但田边先生没有应答。

我回头看去，街灯照射下的柏油路上没有一个人影。只有溪流的水声清晰地流过我的耳边。

我等了很久，都没见到同伴们的身影。

○

我从叡山电车的高架铁道下穿过，先行来到了贵船口站。

爬上一小段台阶后，就是通向检票口的路。路上的荧光灯发着苍白的光。拉下了卷帘门的商店前摆着长椅，几个年轻人正坐在长椅上嘀咕着什么。就像十年前的我们一样。他们可疑地向我这边看了看，之后坐进了旅店开来接他们的车。他们的离开，使这个深夜中的车站变得像废墟一样万籁俱寂。

在四周黑色山影的包围下，我越来越觉得不安。一直等到现在，都没见到中井学长他们一行中任何一个人的影子。

“出什么事了呢？”

我坐在长椅上拨通了中井学长的电话。拨通后的“嘟嘟”声仿佛是从别的世界传来的一样。

“喂，您好。”

突然接起电话的中井，声音中有种让人沉不下气的慵懒，好像是喝醉了。听筒另一侧同时传出舒缓的音乐和轻轻的私语声，让我联想到了某个酒店中安静的吧台。那不像是这种昏暗的深山中会有的声音。不，不会的——我的思绪混乱起来——毕竟中井学长刚刚还和我走在一起。

“中井学长，您现在在哪儿？”

“您是哪位？”

“您说什么呢，我是大桥啊。”

“……哪个大桥？”

“我一直在车站等你们呢。”

我说完后，电话那端的中井学长陷入了沉默。酒吧的轻微的嘈杂掩过了他的沉默，他就像放下电话离开了一样。不过侧耳细听，仍能听到他似乎略带颤抖的呼吸声。

过了一会儿，他紧张地低声问道：

“你说你是大桥？”

“我是大桥啊，不然呢？”

“……别开玩笑了。”

中井学长说完便直接挂断了电话。

酒吧的嘈杂随之消失，我被抛弃在了寂静的车站中。

我看着手中的手机陷入了迷茫。

重新振作起精神后我给田边先生打了电话，但没能接通。之后我又给藤村打去。“嘟嘟”声持续了很久，就在我放弃希望准备挂断电话的瞬间，听筒中传出了一声平静的“喂”。

“藤村吗？”

“您是哪位？”

“你现在在哪儿？”

“是我先问的问题。您是哪位？”

“我投降了，别闹了。我是大桥啊。”

听到我名字的瞬间，藤村呆住了。

“……大桥？真的吗？”

“什么真的假的，我们不是一起来了鞍马吗？”

藤村没有接话。电话另一端回荡着和车站中同样的静寂。那静寂让我想到了大型公寓中空旷的走廊。我脑海中浮现出刚刚还在我眼前的藤村的那张开朗又似乎带着一些疲惫的脸庞。

不久，听筒中再次传出藤村的声音。她的气息有些奇怪。

“你说什么呢？那不是上学时的事了吗？大桥，这些年你究竟去哪儿了？”

她才是那个让人不知所云的人吧。

“大桥，你在听吗？”

“我在。”

“你现在在哪儿？”

“在鞍马啊，我现在在鞍马。”

藤村忽然胆怯地问道：

“你……真的是大桥吗？”

恐惧感使我挂断了电话。我攥着手机，盯着荧光灯映照下的灰色地面看了一阵。就算再接着给武田君打电话结果恐怕也是一样的。慎重起见，我打给了贵船的旅店，但他们说今晚没有用“大桥”的名字订房的客人。我胡乱敷衍了几句便挂了电话。简直像是我们这趟鞍马之旅本身都被抹去了一样。

我从长椅上站起来出了车站。

四下里只能听到溪流阴森的水声。我从高架桥下折返了回去，依旧没看到同伴们的影子。过了一会儿，从市区方向传来了车轮的声音，一辆空载的叡山电车出现在我的视线里。电车在贵船口站短暂停车后，又朝鞍马驶去。明亮的车窗从黑暗的树林前接连闪过。

我目送叡山电车离开，内心彻底陷入了绝望。

○

我从贵船口站乘上了叡山电车，准备返回始发站出町柳。

车厢里满载着踏上归途的游客，比蒸笼里还闷热。我像是被人用丝棉裹住了头一样有些发昏。看向昏暗的车窗外，我发现在铁路旁的杉树林中飘着一张煞白的脸。我花了相当的时间才意识到那是我自己的脸映在了车窗上。

我的想法是，首先要到一个明亮又热闹的地方去。那样也许能帮我找回一些现实感。找一家市区的酒店睡一晚，或是去个好一点的居酒屋喝到天亮。到了明天，一定就都可以一笑而过了吧。此刻，除了这样的自我安慰，我再想不出别的可靠办法了。

从出町柳站下车后，我朝鸭川方向走去。

在高野川和贺茂川河流汇入鸭川的地方有一片凸进河道里的土地，我们上学时管那里叫“鸭川三角洲”。我在三角洲的最前端坐下，眺望着贺茂大桥栏杆上亮起的灯光。夜已经深了，路上难见几个行人，但比起待在鞍马的山坳中，还是眼前的景色更让人心情舒畅。

一对年轻的男女正踩着踏脚石穿过河面。

我和长谷川也曾像那样走过一次。那晚，原本是中井学长把我们带去了木屋町。

在参加口语培训班时，每当下课我们便会在中井学长的带领下组局去吃饭。我们吃饭的地方一般都在出町柳和百万遍周边，而那一晚我们却少见地去了木屋町，在一间中井学长的朋友工作的酒吧里一直待到了深夜。在那次饭后，我和长谷川两个人一起沿鸭川回家，同行的其他人大概是留下继续喝酒了。

我们从四条大桥起沿鸭川向北走。

“散散步就当是醒酒吧。”

提出这个提议的是长谷川吗？我记不清了。

把四条地区的喧嚣远远地甩开后，夜幕下仿佛只剩了我们两个人。我记得我们互相开了无聊的玩笑，讲了口语培训班的朋友们的八卦，还就看过的书啊电影啊聊了很多。那一晚，我觉得长谷川似乎离我出奇地近。刚进入培训班时，我完全不知道该怎么和同班的她相处。可能因为我们两个都很内向吧，我和她几乎没有过课堂外的交流。她在我面前讲过的日语甚至还没有英语多。但那天晚上在和她相处时，我却没感觉到任何拘束。

那晚，她说到了宇航员。

苏联宇航员加加林[1]曾有一句名言："地球是蓝色的。"如今我们拥有大量从宇宙中拍摄的地球影像，那种"蓝色"对我们来说已经不再稀奇了。但是，假如从另一个角度再来看这句话，比起眼前的"蓝色"，似乎背景中宇宙那无尽的黑暗更能让人感到冲击。那黑暗究竟有多么浓重，多么虚无，一定只有亲眼看到才能体会吧。加加林的话，或许就是在感慨那把地球映衬得无比之蓝的黑暗。一想到那绝对无法被拍入照片中的、深邃的黑暗，就会在感到恐惧的同时，被它深深地迷住。

"世界就是一场夜。"长谷川说道。

我们很快便走到了贺茂大桥。她打头踩着踏脚石过河，我则在后面注视着她的背影。夜正在过去，我想。那一晚没有发生什么特别的事，但是，我发现我已经迷上了她。

那是九月的事了。翌月便是鞍马火祭。我忘了是谁提议"大家一起去看吧"的。仔细想一想，或许是我吧。

---

[1] 加加林（1934—1968）：全名尤里·阿列克谢耶维奇·加加林，首个进入太空的人类。

我忽然回过神来。鸭川边那对陌生的男女已经离开，四下里再没有一个人影了。我看向远方鸭川旁的繁华街市上朦胧的灯火。

这时我的手机响了，是中井学长打来的。

我鼓起勇气接了电话，另一端中井学长的声音已经恢复了平静。

“你是大桥君没错吧？”

“我是大桥。”

“……你现在在哪儿？”

“出町柳附近。”

“你怎么去那儿了，我们都在贵船口站等你呢。”——有一瞬间，我期待中井学长能这样责骂我。但没能如我所愿。

“那样的话，能麻烦你来河原町三条这边吗？”

中井学长告诉了我他所在酒店的名称，说我们可以在酒店一楼的酒吧碰面。

“一定要来，我等着你。”

○

我从出町柳乘京阪电车到了三条。

“一定要来，我等着你。”

中井学长的话中有着不容置疑的威严。

从我认识他起，中井学长给人的印象就是如此。他的强势给人以非常值得依赖的感觉。但仔细想一想，中井学长当时也只不过是个正在读研的学生罢了。他应该是在强撑着扮演“可靠的学长”这个角色吧。从他在长谷川失踪后的表现可以十分明显地看出这一点。他就像失去了妹妹的兄长一样，似乎心里的哪根弦“啪”的一声断开了，那种充满自信的状态此后再也没有回到他的身上。

中井学长住的酒店就在三条河原町的主路上。

进入大堂后，枝形吊灯璀璨耀眼的灯光射得我有些目眩。一路坐电车来的我，此刻却感觉自己像是被天狗从深山中拐来的。我的一部分似乎被留在了那个深山里。大堂尽头那个像山洞一样昏暗的酒吧里，中井学长正坐在吧台前独饮着。看到他弯曲着的宽阔背影，我松了一口气。已经没事了，我这样想道。

“中井学长，”我向他打招呼，“久等了。”

他抬头看向我，脸上布满了惊讶。

“真是大桥君啊。”

“不然还会是谁。”

“光在电话里听真的不敢相信，还以为撞鬼了。”

“刚才我们不是还一起在鞍马吗？”

“……那不是十年前的事吗？”

我失语了。

中井学长说的和藤村一样。

“算了，先坐下吧。喝点儿什么？”

我向酒保点了杯喝的。中井学长说他是前天和夫人一起来京都旅行的。他夫人现在正在酒店房间里休息。

“您是说您没去鞍马？”

“自从那件事后，我就一次都没去过。”

中井学长说完注视起我的脸。

“这十年，你都在哪儿？”

“十年？”

“是啊，已经十年了。”

“……您能告诉我到底发生了什么吗？”

“等等，这句话应该我来问吧。”

“我真的已经什么都不知道了。”

中井学长叹了口气。

接着，他说起了十年前的那起事件。

十年前的今晚，中井学长和口语培训班的朋友们一起去看了鞍马火祭。乘叡山电车到鞍马后，山门外已经被游客围得水泄不通了，只能看到抱着火把的男人们穿行的身影。

就在游览的过程中，同行的我不见了。起初中井学长并没在意。他觉得我肯定是和长谷川两个人偷偷跑到哪个地方休息去了。但是，就在祭典结束、人潮开始退去时，他看到了一脸讶异地环视着四周的长谷川。紧接着藤村他们也表示“大桥不见了”。

中井学长他们在鞍马站等了我很久，但一直找不见我的影子。随着等待乘坐叡山电车的游客队列变短，鞍马的喧嚣也沉寂了下来。

“结果，你到最后都没有出现。”

不得已，中井学长他们去找了警察。

以为我只是走错了路的微弱希望，在第二天也彻底破灭了。我的家人接到大学的通知后赶到了京都。我的失踪占用了报纸上很小的一块版面。直到最终，人们也没找到任何线索。没有我主动远走高飞的理由，也没发现刑事案件的痕迹。“大桥”自那以后便消失了。

“这十年，你一直失踪着。”

○

我把双肘撑在吧台上，用手按住了额头。

“但那和我记忆中的经过完全不一样。”

“怎么不一样？”

“失踪的应该是长谷川才对。”

中井学长一脸困惑地看向我。

“长谷川是和我们一起回来的。她还一直很担心你呢。”

“长谷川她，现在怎么样了？”

“已经很多年没联系过了，”中井学长轻声说，“不过，如果知道你回来了，她也一定很高兴吧。”

“……我真的回来了吗？”

“回来了，你已经回来了。”

中井学长的语气就像在安抚一个孩子。

“这十年来，我心里一直有一个大洞。你到底消失到哪里去了，这个问题缠绕在那里怎么也解不开。快告诉我都发生了什么事。”

即便中井学长这么说，我也不知道该如何回答。

我在这十年间的经历难道全都是梦吗？从长谷川的失踪，到之后我在京都度过的日子，以及去东京就职后的时光，再加上时隔十年召集伙伴们参加的鞍马火祭，这些真的只是一场幻想吗？

这不可能。明明就在不久前，中井学长还和我一起坐在贵船的旅馆里。此刻我依旧能清晰地回忆起，他讲述尾道之旅时的表情。

“您夫人离家出走过吗？”

听我这么说，中井学长露出了疑惑的表情。

“喂喂，突然说起什么来了。”

“您是不是一直追她追到了尾道？”

中井学长看着我的眼神变得恐惧起来。

“……你怎么知道的？”

“今晚，我们都在贵船的旅店。”我说，“为的是相隔十年再看一次鞍马火祭。尾道的事，是中井学长你在旅店里讲给我们的。”

“但这不可能啊。我一直待在这里。”

中井学长用指尖在吧台上敲了起来。

“那我为什么会知道尾道的事呢？”

我把在贵船的旅店中从中井学长那里听来的故事详尽地复述了一遍。随着我的讲述，中井学长的脸也逐渐僵硬起来。

“为什么你会知道得这么清楚。”

这次换中井学长把双肘撑在了吧台上。他将下巴搭在十指相扣的双手上，看向吧台对面成排的酒瓶。从前我经常看到这副样子的他。现在他应该是在大脑里分析各种可能性吧。

“发生了怪事呢。”

“嗯，是啊。”

“话说回来，你为什么要给我打电话？”

“在从鞍马回去的夜路上，大家全都消失了。我也不知道是什么情况。”

这时，我回想起了山间“吱吱”的车轮声。我没再继续说下去。我们站在漆黑的夜路上，目送叡山电车从黑暗的杉树林前驶过——这个场景浮现在我眼前，看起来就像一张铜版画。我想到，柳画廊的橱窗中展出的作品就叫作《夜行——鞍马》。

“中井学长，您知道岸田道生这个画家吗？”

○

我向中井学长讲起了岸田道生的事。

我讲了他在东京的画室中创作，讲了他创作了名为《夜行》的系列铜版画，讲了他过着日夜颠倒的生活，还讲了他的画室每晚都有一批访客，人们管那叫作“岸田沙龙”。

“可我不明白，那个叫岸田的人不是已经死了吗？你也没见过他吧？那他到底和现在的状况有什么关系呢？”

“总之，我要再去那个画廊看一看。”

“但是已经很晚了啊。”

“说不定有人留在那儿。至少我还可以看一看橱窗里的那幅画。”

中井学长想了一下后说道：

“那我也一起去吧。”

“把夫人留在这儿没关系吗？”

“反正她已经在屋里睡着了。而且我更放不下你这边。要是再让你失踪了就麻烦了。”

我们离开酒店，从三条名店街的拱廊下穿了出去。我想起，上学时我也曾和中井学长他们像这样在安静的街上走过。就这么继续沿夜路走下去的话，似乎能一直走回学生时代的那个夜晚。

我说出了自己的这种感受。中井学长听完开心地笑了。

“是呀。我刚刚也在这么想。真是奇妙啊。”

“很不可思议呢。”

“就像穿越到了十年前一样。”

我们走到了瓦顶的文化博物馆，之后在博物馆前的十字路口向南转入了高仓通。这条由小商厦和公寓勾勒出的小路一片寂静，路两侧亮着点点街灯。柳画廊就在这条小路上。虽然玻璃门上已经挂出了“CLOSED”的牌子，但画廊中仍透出明亮的光芒。画廊主人似乎还在。

然而橱窗中的景象让我大吃了一惊。

展出的虽然仍是岸田道生的作品，但明显不同于白天看到的那幅。画上的黑白全部颠倒了过来，色调变得异常明亮。一辆叡山电车正从迎着朝阳光辉的树林前驶过，近景处站着一位女子，正朝前方的叡山电车举着右手。画旁的铭牌上写着“曙光——鞍马”的字样。

中井学长也看向了橱窗中。

“和你说的画不一样呢。”

“确实不是我看到的那幅画。”

我推开玻璃门走进了画廊。

长长的画廊中充溢着柔和的光，空气中飘浮着淡淡的焚香味道。点缀在白色墙壁上的铜版画就像一扇扇四方的窗户，画上明亮的色调则是朝日向画室中注入的阳光。仿佛在就在画室之外，黎明的世界正在不断地扩张开来。这间画廊此刻给人的感觉，和我白天来时截然不同。

画廊主人柳先生从屏风后走了出来。

“非常抱歉，今天已经……”

“对不起，”我说，“我白天来过您的画廊。您还记得吗？”

柳先生疑惑地看着我。我们明明聊了那么久他却没有印象，真是件怪事。不过比这更奇怪的是，画廊中的画全都被替换过了。我指着挂在白墙上的铜版画问道：

“您今天换了画吗？”

“没有，没换过。”

“奇怪了。我白天来时，您这里展出的还是叫《夜行》的作品。您还给我讲了很多关于岸田道生的事。”

“可我们从没展出过叫《夜行》的作品呀。”

“不可能。我看到了，就在这里。”

“就算您这么说也……”

柳先生露出了困扰的微笑。

○

“不好意思，这么晚了还来打扰您。”

中井学长说着拉住了我的肩膀。

“我们回去吧，大桥君。你脑子果然有些混乱。稍微休息一下吧。这些事等明天再想也可以吧？”

但我怎么都不想放弃。

我摆脱了想把我拉出去的中井学长，看向挂在白墙上的铜版画。

“这些是叫《曙光》的系列作品吧？一共有四十八幅是吗？”

“嗯，是的。是岸田道生的系列作品。”

白色的的背景上，仅用不同浓淡的黑色描绘出的风景仿佛辉映着朝阳耀眼的光芒。每幅作品中都有一位女性。她们脸上没有五官，像一个个洁白光滑的人偶一般，微倾着脑袋。《尾道》《伊势》《野边山》《奈良》《会津》《奥飞驒》《松本》《长崎》《津轻》《天龙峡》……看着这一幅幅画，我感受到了某种不可思议的节奏与韵律，仿佛黎明正一步一步地传至日本每一处的大街小巷。每个黎明中都站着一位女性。

我想起了白天时柳先生对我说过的话。

据传言岸田道生有一套神秘的遗作。岸田生前曾向柳先生透露过那套作品的存在，但那同时也是他绝不会示人的作品。那是与《夜行》相对的铜版画系列，统称《曙光》。

《夜行》和《曙光》。

想到这里我终于意识到：

《曙光》和《夜行》是互为表里的作品。我在之前所在的世界中看到的《夜行》，到了这个世界后就变为了《曙光》。看完鞍马火祭的归途中和同伴们走散的那一刻，我实际上是误入了《曙光》的世界。在这个世界里根本就不存在《夜行》，自然也就无法展出了。

但是，又有谁会相信我的话呢？

“岸田道生一定会理解我的。”我喃喃自语道。

“但他不是已经死了吗？”中井学长说。

“怎么可能呢。”柳先生说道，“今天我才和岸田说过话。”

中井学长和我不禁面面相觑。

岸田道生还活着。

“您能联系到岸田吗？”我问。

柳先生歪起头面露难色：

“但是……已经这个时间了。”

他会怀疑我们也是理所应当的。

在我恳求他说只要打个电话就好，希望他能相信我一次后，他终于同意替我们打电话传达。屏风后随即传来柳先生讲电话的声音。

“这么晚给您打电话真是抱歉，我是柳。”

接电话的似乎是岸田的夫人。我断断续续地听柳先生说明了一会儿情况。当他提到中井学长和我的名字时，对方似乎做出了很奇怪的反应。“您怎么了？”柳先生担心地问道。接下来是一段沉默。随后柳先生露出惊异的表情从屏风后看向我们这里。

“岸田夫人有话想和您说。”

把听筒贴近耳朵后，里面传出了仿佛低声私语一样的声音。令我意外的是，那声音似乎正在颤抖。

“……是大桥君吗？”

我曾经在哪里听过这声音。

“是我，我是长谷川。还记得我吗？”

○

出租车在深夜中穿过乌丸通向北驶去。

中井学长看着窗外自言自语道：

“发生了怪事呢。”

我们坐车穿行在夜晚的街上时，中井学长似乎仍在不停地试图搞清楚状况。这也没有办法。我也有一种迷失在了幻境中的感觉。《曙光》和《夜行》这两个世界似乎开始交缠在了一起。

“我有十年没听过长谷川的声音了。”

“感觉如何？”

“感觉很奇妙。不像是已经过了十年。”

中井学长依旧看着车窗外轻声问道：

“你喜欢长谷川吧？”

“我们都一样吧？”

“……也是啊，当然了。”

说完中井学长似乎露出了微笑。

我们远离了繁华街区的明亮，右手边是京都御苑绵长的围墙。驶到同志社大学后出租车向右转上了今出川通。很快，贺茂川灰暗的堤坝便出现在我们眼前。时间已经将近凌晨一点，路上几乎没有来往的车辆。随着行驶，路旁漆黑的树影消失了，毫无人迹的昏暗河滩取而代之出现在我们眼前。河对岸的住宅区投来点点光芒。

“应该就在这附近吧？”

司机看着导航嘟囔道。

我们在出云路桥下面下了车。

岸田道生的住所兼画室，就在河堤西侧的住宅区中。寂静幽暗的住宅区中，只有那栋房子向外流溢着璀璨的灯火。那栋房子令我感到无比地亲切，就像荒野中的流浪者终于找到了一夜的归宿一样。

那栋房子虽然留有不少岁月的痕迹，但外墙和庭院依旧被打理得很好。玄关的门边还贴着淡绿色的小方砖。中井学长按下玄关旁的门铃后，屋内传出了“啪嗒啪嗒”的脚步声。一个瘦削的男子打开了门。

“深夜打扰十分抱歉。我叫中井，他是大桥。请问是岸田先生吗？”

“我就是岸田。正等着你们呢。”

岸田语气沉稳地说着，招呼我们进了门。

“他们到了，下来吧。”

岸田朝二楼说道。楼梯上的灯随即被打开了。

很快，一双白而纤细的脚赤裸地踩着“咚咚”的脚步声走下了陈旧的木质楼梯，一张熟悉的白皙面孔出现在楼梯上。真的是长谷川。她停在楼梯上，一脸惊讶地看着楼下的我们。

中井学长似乎有些害羞地说道：

“呦，长谷川。好久不见了呢。”

“突然打电话来吓了我一跳呢，中井学长。”

“这么晚跑过来真不好意思。不过我也是惊魂未定呢。看，我把大桥带来了。”

“长谷川，好久不见了。”我说。

长谷川看上去仍难以相信眼前的事。

“……是大桥君吗？”

即便四目相对，我也完全感觉不出已过了十年。她一点儿都没有变。而且，我想我应该也没有变吧。

“总之先进来吧。”岸田说道。

玄关旁的房间中飘出了药和醋的味道。岸田特地打开了那个房间的灯向我们展示道：

“我把这里弄成了画室。”

这里应该是从一个西式房间改建而来的。第一眼看上去就像一个家庭作坊。荧光灯冰冷的灯光下，这间十叠大小的房间杂乱地摆放着各种工具。墙边的架子上堆满了纸卷、小工具和药瓶一样的东西，古旧的办公桌上也满是工具和纸。房间正中摆着一台看起来很沉的机器，上面有一个相当大的转轮。空中穿着像晾衣绳一样的绳子，上面挂着几幅铜版画，应该是刚印刷好的。

“来，这边请。”

岸田把我们领到了更靠里一些的客厅。

○

柔和的光和咖啡的芳香填满了这间客厅，让人的心情也舒畅了起来。岸田站在橱柜前开心地说道：

“感觉就像个聚会一样。有几个深夜的访客也不错呢。”

“明天是休息日，可以随便熬夜。”

长谷川的话像歌声一样悦耳。

我坐到朝向庭院的沙发上，看着那对在厨房中准备咖啡的夫妻，心里产生了一种不可思议的感觉。可能是岸田和长谷川所拥有的独特气质使然吧。中井学长似乎也放松了不少。他边接过咖啡边说：

“总感觉完全不像是初次见面呢。”

岸田坐在沙发上笑嘻嘻地说：

“我常被别人这么说。这是为什么呢？是因为我看起来毫无防备吗？”

“是因为看起来比较呆吧？”长谷川说。

“我倒确实经常发呆。”

“不，可能不只因为这个吧。你们不觉得我们以前就曾像这样聚在一起过吗？”

“你的意思是，因为有种熟悉怀念的感觉？”

“这就是所谓的‘岸田沙龙’啊。”

听到我的话，岸田笑了。

“这名字不错，我干脆拿它做个招牌好了。”

岸田他们似乎很自然地就接受了我失踪十年后重新现身这件事。和他们一起喝着温暖的咖啡，使我觉得这个世界瞬间亲切了起来。

“长谷川你现在在做什么？”

长谷川也有她自己的十年。大学毕业后她在京都市里的一所高中当临时讲师，之后被那里正式聘用下来，成了一名语文老师。

“然后五年前和这个人结婚了。”

“现在还在教课吗？”

听我这么问，长谷川点头说：“当然。”

我同样很自然地接受了她的十年。因为那些都是真实发生过的事。和我的十年一样，都没有半点虚假。

“大桥君，你这十年呢？”

在长谷川的询问下，我开始了讲述。

从十年前长谷川在鞍马失踪，到之后我在京都度过的日子，以及去东京就职后的时光，还有和朋友们时隔十年重访鞍马时发生的怪事。我唯一略去了的，是岸田的死。

长谷川和中井学长不时会插进一两个问题，但岸田则一直沉默着听到了最后。我讲完后岸田感慨道：“真是有意思的故事。”

“那么，大桥，你一定觉得我的作品里有什么秘密吧。所以才找到了我这里。”

“我只是感觉，那些画似乎充满了魔力。”

“但我可不会用魔法哟。不过我倒确实考虑过创作《夜行》这样的作品……”

岸田沉思了一会儿后继续说道：

“你所在的世界里，我的妻子失踪了，我一个人住在这栋房子里，是吗？”

“……嗯，是的。”

“那个世界里的我真可怜啊。我根本没法想象那种情况。”

我不知道自己到底是如何通过名为《夜行》的铜版画来到这个世界的。那明明只是岸田创作的普通的画罢了。不过话说回来，不论《夜行》还是《曙光》，究竟是从何缘起的呢？听过我的疑问，岸田说着“稍等一下”，站了起来。

不一会儿，他从画室拿回了一幅铜版画。

“这是《曙光》系列的第一幅，《尾道》。”

画中有一条洒满了朝阳的坡道，坡道尽头的高地上，一栋民宅二楼的窗户中，一位女性正探出身子挥着手。一幅充满了朝气的场景。

“其实，我和妻子初次相遇就是在尾道。那已经是十三年以前的事了。”

接着，岸田讲起了十三年前的那次尾道之旅。

○

那件事发生在我留学回国半年后的那个二月。

当时我每天都生活在消沉之中，因为我住院的母亲在上一年年底过世了。在那不久前才刚决心一展拳脚的我，被突然来临的变故砸得一蹶不振。

新年伊始后的整整一个月时间，我什么事情都没做。直到二月，我为了让自己振作起来，才渐渐着手装修父母留下的房子。

就在那个时候，我一位在尾道的大学教美术的熟人向我发来了邀请，问我“要不要来尾道玩”。他应该也是担心日夜消沉的我吧。他是我读艺术大学时的学长，非常照顾我。听说在我出发去英国的前后，他回到了自己的故乡。

“尾道的千光寺公园里有个市立美术馆。那里正在举办我学生们的毕业作品展。”

学长在电话里和我说道。

去一趟尾道也好——我当时是这么想的。回国后，由于打工和母亲住院的原因，我几乎一步都没离开过京都。而且此行还能见到多年不见的学长。

我很快就动身了。学长更是直接跑到了车站去接我。

如今我们两个的境况都发生了很大的转变，也因此有了聊不完的话题。我们下午逛了美术馆和千光寺，傍晚时分到了一家海边的餐馆，边吃东西边聊了起来。“小时候，一有什么节庆活动，爷爷就会带我来这里。”学长怀念地说道。我记得，那是家很奇妙的餐馆。仿佛打开窗户，傍晚黯淡的海水就会“哗啦啦”地流进来。

又一个话题结束后，学长忽然向我问道：

“你和那孩子都聊了什么？”

我心里很清楚他指的是什么。

那是下午在美术馆里看展时发生的事。参观者除了我们外寥寥无几，美术馆内一片寂静。每间展厅里，都有坐在折叠椅上紧张地屏着呼吸的大学生。在学长的这些学生面前，我看画时的心情也不由得严肃了起来。

逛到日本画展厅时，我看到一位女高中生正站在一幅大尺寸画作前。那是一幅自画像，背景里有一扇巨大的横向长窗，窗外的星空画得极为精细，就像站在宇宙中看到的那样。女高中生围着红色的围巾，帆布包上挂着一个史努比的小玩偶。由于不想打扰到其他参观者，我边逛展厅，边注意尽量不让自己进入她的视线。

逛着逛着，我听到了“啊，啊，啊”的奇怪声音。

我疑惑地转过头去，看到坐在椅子上的美术学生正弯着腰。“怎么了？”学长问道。女学生有点儿害怕地指向展厅的一角的地面。一只寒碜的灰猫正端正地坐在那里，就在看着日本画的女高中生身边，仿佛两个好朋友在一同鉴赏一样。

“老师，怎么办？”

“赶出去不就好了，快点儿。”

这时，女高中生看着脚下小声地“啊”了一下，似乎终于意识到了那只猫的存在。而猫则始终抬头看着那幅日本画。

“这只猫，是你的朋友吗？”

听我这么问，她“扑哧”一声笑了出来。

“不是，第一次见。”

“那我们就把它请出去咯，喵。”

学长说着，便和他的学生一起赶起了猫。绕着展厅追了一圈后，他们俩跟着猫跑到了走廊上。展厅里只剩下了我和那个女高中生。就在我觉得气氛有些尴尬时，她像在试探似的问道：

“……您是老师吗？”

“不，我不是老师。刚刚那位才是。我是他的朋友。”

“老师的朋友？”

“是呀。你呢？是和那个学生一起的吗？”

“不是的，就是来随便逛逛。这次来奶奶家玩的时候，看到了这里在开画展。”

说这句话时，她依然在看着那幅日本画。

“你喜欢这幅画？”

“倒也不是……”

她说，前几天她读到了一篇宇航员的采访。

苏联宇航员加加林曾有一句名言：“地球是蓝色的。”如今我们拥有大量从宇宙中拍摄的地球影像，那种“蓝色”对我们来说已经不再稀奇了。但是，假如从另一个角度再来看这句话，比起眼前的“蓝色”，似乎背景中宇宙那无尽的黑暗更能让人感到冲击。那黑暗究竟有多么浓重，多么虚无，一定只有亲眼看到才能体会吧。加加林的话，或许就是在感慨那把地球映衬得无比之蓝的黑暗。一想到那绝对无法被拍入照片中的、深邃的黑暗，就会在感到恐惧的同时，被它深深地迷住。

“世界就是一场夜。”她喃喃自语道。

真是个奇妙的女孩儿。

○

我在海边的餐馆里和学长讲了这件事。

“你就这么被彻底迷上了吗？”

“才没那么回事。”

“问了她的名字吗？她是从哪儿来的？”

“她说她住在向岛。她奶奶的家好像在尾道市里的一处高地上。”

餐馆窗外是昏暗的海，海对岸，向岛的街市亮起了灯火。“世界就是一场夜。”她的话深深地吸引着我。在旅途终点静寂的夜晚中，这句话悄悄地潜入了我被孤独感占据的内心。

离开餐馆后，我和学长在尾道站前分别，接着穿过铁路走向山上的街市。我订的旅馆就在千光寺公园的旁边。

夜已经很深了，山坡上的街道寂静无声。橙黄色的街灯照出了一条石板路，我独自一人从空旷的寺院中走过。尾道的旧城区中，坡道与小巷错综复杂，那些路昏暗的尽头仿佛连通着另一个世界。随着我呼着白气爬上坡道，海边的街市渐渐离我远去，夜空向我压得越来越近。

很快，我转进了一条长长的坡道。

我明明记得登上这条坡道就能抵达旅店了，但此刻这里的样子却和白天时截然不同，暗得让人怀疑它是不是根本就没有尽头。整条坡道上只有一盏路灯。

向上走了一会儿后，我抬起了头。“咦？”

路灯后的黑暗中似乎有个白色的人影。虽然看不清脸，但像是个女人。我随即感到了异样。那个怪异的人影就站在暗处，仿佛一直在盯着我。我于是也壮起胆回看过去，结果那人影一个转身，便消失在了黑暗的深处。

瞬间一股凉意从我背后飘过。我怔在了原地。

那到底是什么东西？

我凝神向黑暗中看去，但什么都看不到。一种莫名的不祥感涌上了我的心头。但是我的旅店就在这条坡道的上面，不可能都走到这里了再折返回去。苦恼了一阵后，我战战兢兢地继续沿坡道向上走去，一路上没看到任何人。

终于，旅馆的光亮出现在了我的视线里。我安心地舒了一口气。回头看去，下方尾道的市镇上灯火通明。

从远方传来了列车驶过的声音。

忽然，一种奇妙的感觉向我袭来。那感觉就像是我正悬空在黑夜世界之中一样。我第一次体会到，夜原来是如此深邃，如此广阔。就在我独自于夜间徘徊的同时，无数遥远的街市也正处于同一场夜的笼罩之下，无数人的梦都被这场夜联系在了一起。也许，这无尽的夜才是世界本来的面貌吧。

这时，我脑中浮现出了“夜行”这个词语。

○

那晚，我在旅店度过了一个不眠之夜。

一种孤单的感觉萦绕在我心中挥之不去。

我躺在床上辗转反侧时，似乎听到了那个黑暗坡道上的诡异人影的嗫语。那人影确实是个女人。我脑中不断地重现着她转身消失在黑暗里的那个瞬间。那不祥的感觉，让我想起了在英国看过的一幅铜版画。

那是装饰在我导师办公室里的一幅旧作。

那幅画是十九世纪初的作品，配着黑色的画框，画中是一处宅邸。导师的父亲工作的商会专门收集带有地方色彩的画作。他父亲在一次收集作品之旅中到访了英国乡间的一个村落，从当地的收藏家手中买下了这幅画。这幅画的内容一眼看上去没有任何出奇之处，构图也很普通，画的不过是当地的房屋和庭院，在前景处有一个小亭子，亭子中站着一位年轻女子。

“这可是一幅鬼画哟，岸田。”

接着，导师向我讲了一个同样再寻常不过的“被诅咒的画”的故事。

从前，一位住在大宅子的年轻姑娘失踪了。在她消失了很多年后，她的父亲——也就是大宅子的主人——请一位贵族朋友帮他画了一幅画。他的那位贵族朋友是个有名的业余铜版画家。然而，就在铜版画印好后的第二天，那个贵族刚一看到自己的作品，便大叫着“是她”晕厥了过去。据说，是因为他原本只画了房屋和庭院，可那失踪的姑娘却突然出现在了画中。尽管没人相信这个说法，但那铜版画家始终没能恢复神志，最后说着胡话死掉了。据临终前见到了画家的人说，他在死前曾坦白，数年前就是他因为被横刀夺爱，杀了那个姑娘。

“也就是说，出现在他画里的，就是那个姑娘的鬼魂啊。据说，一旦迷上了画中的那个姑娘，她就会慢慢转过头来。而一旦看到她的脸，就会被拉入画中。你也一定要小心啊。”

讲完，导师向我递过了一个眼神。

我自然不会相信这种故事。

不过，每当在导师办公室看到那幅画时，我都确实会被它吸引住，忍不住想去看画中的那个女子是不是正在转过头来。假如她真的转过了头，我无疑将会被拉入画中。

在尾道的难眠之夜里，就连那个被诅咒的画的故事，似乎都充满了不可思议的真实感。

最终，我还是蒙眬地入睡了。

梦中的我正在京都的家里。

就像现在这样，我坐在沙发上，一边看着昏暗的庭院，一边屏息等待着。我也不知道我在等待什么。之后我侧耳倾听，听到了走廊尽头的门被打开的声音。有某个人从那扇门后黑暗的房间中悄然溜出，正掩着脚步声向我走来。之后出现在我眼前的，是白天在美术馆看到的那个女高中生。她紧贴着我弯下腰，对我嗫语道：

“世界就是一场夜。”

那一瞬间，我意识到自己已经死了。

○

从那个不祥的梦中醒来后，我的心脏刺痛地急剧跳动着。她靠近我时的那种不可言喻的凄凉与喜悦在我心底留下了一丝余韵。我下了床。窗外的天空在我不知不觉间已经开始泛白。

我决定出门进行一次晨间散步，于是走出了静悄悄的旅店。

在黎明凛冽刺骨的空气中，这个昨夜一片死寂的街市似乎正逐渐恢复生机。夜猫们在荒宅和庭院里蜷成一团，寺庙里已经能见到早起的大妈的身影。随着天空的亮度缓缓增加，城市的轮廓也像浮出了水面一样越来越清晰。朝霭中仍亮着的街灯透着一种特别的美感。我想，那就是被赶走的“夜”留下的最后痕迹了。

不久，准备回旅店的我又一次来到了那条长长的坡道。

在沿坡道走向旅店的途中，我听到了护窗板被推开的声音。

那令人怀念的声音使我停下了脚步。我正站在一栋青瓦屋顶的古旧民宅前。在打开了护窗板的二楼窗户中，一位年轻女子正充满活力地探出身子，望着黎明的海面。洒满了街道的曙光将她的脸映得很美。

“是她。”我意识到。

是那个昨天白天在美术馆和我交谈过的女高中生。

我从没觉得哪一天的黎明像这一天一样真切。险恶的深夜里，那两个给我带来惶恐的女人的幻影消散了，此刻，我心中只剩下了从二楼探出身的她的面容。我出神地抬头看着她。她发现站在坡道上的我后，笑着对我说道：“早上好！”

黎明到来了……

我当时就是这么想的。

○

岸田指向放在桌子上的铜版画。

“这幅作品，就是我从尾道回来后画的。”

当时，岸田觉得自己应该不会再见到她了。

随着时光流逝，岸田越发地后悔自己只和她说了几句话就离开了。在京都的画室独自磨炼技艺，那个尾道的黎明总占据着他心里的一个角落。每当他看到这幅《尾道》，那份思念就更深一层。

柳画廊的主人曾赞叹地看着这幅作品说：

“题目就叫‘曙光’怎么样？”

照亮城市的第一道光芒，绝无仅有的黎明。

但是，当时的岸田没有创作系列作品的决心。

就这样过了三年的空白时光后，岸田和那个女孩重逢了。

“那是一次鞍马火祭。当时我看到了站在人潮中的她，心想这次绝不能再错过她了。”

那一晚，岸田和我们一样，去看了那场漆黑深山中的祭典。那个夜间祭典的情景此刻正真切地浮现在我眼前。明亮的火把上飞散着火星，将长谷川的脸颊染得通红。在岸田找到长谷川的那晚，我把长谷川弄丢了。那既是《曙光》开始的夜晚，也是《夜行》开始的夜晚。

“在那之后你就开始了《曙光》的创作吧？”

我再次看向桌子上的铜版画。

“都已经过了多少年了啊，”岸田说，“在那之后我和妻子不停地去各种地方旅行。”

“我们去了很多地方呢。”

长谷川露出了怀念的表情。

“真的去了太多地方了……”

说着，长谷川和岸田数起了他们旅途的目的地。

他们见到了热闹的海港城市的黎明、萧瑟的原野的黎明、武士宅邸中清寂的黎明，还有响着融雪后水声的森林的黎明。为了这四十八幅《曙光》，他们一定沐浴过了无数地方的黎明吧。她和他的旅途，就是追寻黎明之旅。而且，每个黎明都是绝无仅有的。

倾听长谷川讲述旅途回忆的同时，我看向庭院一侧的玻璃窗。

窗上映着我们几个围在桌前交谈的身影。长谷川的笑容是那么鲜活，岸田和中井学长也明显乐在其中。我感觉那扇窗就像是列车的车窗，而我们正处于一辆夜行列车之中。不论窗外的暗夜再怎么蔓延，车厢内都依旧会有一同踏上旅途的伙伴，以及温暖的光芒。就这样飞驰在无尽长夜之下的我们，究竟是在去向何方呢？

我想着这些，视线移回桌上，却发现眼前的铜版画正在发生着变化。仿佛冻结住的时间被拨快了一样，画上耀眼的光芒逐渐褪去，画中的尾道已经来到了黄昏，正逐渐沉入到夜晚的黑暗之中。我抬起头看向其他三个人，发现能看到铜版画变化的似乎只有我自己。

随后，像是为了呼应铜版画的变化，客厅也像沉入了水中一样越来越暗。中井学长和长谷川仍在开心地说着话，但他们的声音已经传不到我的耳中了。我一脸茫然地看着正发生的一切。

我最后听到的是岸田道生的声音。

“绝无仅有的黎明……”

○

回过神来时，我正一个人坐在客厅里。

此前温馨的光景已经面目全非了。玻璃窗上的百叶窗被拉了下来，屋里一片昏暗。只有厨房的窗户中渗入一丝惨白的光亮。客厅中的家具全都蒙上了一层灰，空气中弥漫着废墟一般的气息。

我眼前放着一幅铜版画。

《夜行——尾道》。

尾道的街市沉入了天鹅绒一般的黑暗中。那栋高地上的房子化成了一团黑影，里面也不再有沐浴着朝阳挥着手的女性。取而代之，一盏位于长长的坡道中途的街灯吸引了我的视线。街灯的光亮下站着一位没有面孔的女性，像正在朝画外的观者招呼似的举着右手。这幅风景让我想到了无尽的夜。

我盯着这幅铜版画看了一阵，之后重新环视了一遍空旷的客厅。

岸田和长谷川此刻仍生活在这栋房子里。之所以看不到他们，不过是因为他们的世界从我眼中隐去了而已。同样地，我的世界也在他们眼前被隐藏了起来。唯有岸田的《夜行》和《曙光》，能打开两个世界间的窗户。

我放轻脚步走出了玄关。

黎明的空气像冬日里一样寒冷。

走出门后回头看去，岸田家荒废的样子刺痛了我的心。玄关旁散落着非法丢弃的垃圾，无人打理的庭院里树木繁乱茂盛地生长着，房顶和外墙也染上了浅浅的一层污渍。如今这栋房子里应该没人居住了吧。

就在我站在路边抬头看着岸田家时，周围传来了住宅区中的人们发出的声响。吃早餐的声音、打开淋浴喷头的声音、摩托驶过时的引擎声、上班族的脚步声、鸟的鸣叫声，还有婴儿的啼哭声。

我从没听到过这么神奇的声音。这是黎明的喧闹声。

○

我登上堤坝的石阶，向贺茂川方向走去。

遛狗的人、慢跑的人，大家呼着白气在河岸边往来交错。我坐到被朝露濡湿的堤坝上，陷入了短暂的迷茫。之后我呼吸着黎明充满凉意的空气，抬头看向一碧如洗的天空。

我想，我应该不会再见到长谷川了。但是，我可以清晰地回想起十年未见的她如今的声音与容貌。她有着她的岁月，我也有着我的岁月。

接着，我想起了和我相隔十年在鞍马重聚的那四个朋友。既然在火祭后的归途上消失的是我，而不是他们，那他们一定度过了相当不安的一夜吧。我得赶快向他们报个平安才行。

我站起来，拨出了中井学长的电话。

起初我很焦虑，不知道电话究竟能不能接通。不过，在“嘟嘟”声短暂地持续了一阵后，我听到了中井学长担忧的声音。

“……是大桥君吗？”

那声音让我感觉异常地亲切。我深深地吸了一口气。“早上好！”我说。我从没觉得哪一天的黎明像这一天一样真切。

绝无仅有的黎明……

我回味着这句话，眯起眼睛看向东山上方的天空。一道耀眼的光让我险些落下泪水。

那是从山对面照射过来的曙光。

图书在版编目（CIP）数据

夜行 /（日）森见登美彦著；单元皓译．— 北京：北京联合出版公司，2018.10

ISBN 978-7-5596-2547-2

Ⅰ．①夜…　Ⅱ．①森…　②单…　Ⅲ．①长篇小说 – 日本 – 现代　Ⅳ．① I313.45

中国版本图书馆 CIP 数据核字（2018）第 212113 号

著作权合同登记　图字：01–2018–5142

夜行
作　　者：〔日〕森见登美彦
译　　者：单元皓
责任编辑：肖　桓
特约监制：赵　菁　单元皓
特约编辑：董铮铮
封面设计：冈本歌织（next door design）
封面绘制：Yuko
装帧设计：COMPUS· 汐和

北京联合出版公司出版
（北京市西城区德外大街 83 号楼 9 层　100088）
河北鹏润印刷有限公司印刷　新华书店经销
字数 140 千字　880 毫米 ×1230 毫米　1/32　7 印张
2018 年 10 月第 1 版　2018 年 10 月第 1 次印刷
ISBN　978-7-5596-2547-2
定价：45.00 元

OWL 猫头鹰

阅读，认识你自己
Lege, temet nosce

001	《我生命里的光》	中村修二 著，安素 译
002	《当呼吸化为空气》	保罗·卡拉尼什 著，何雨珈 译
003	《刀锋》	毛姆 著，林步升 译
004	《圣诞男孩》	马特·海格 著，马爱农 译
005	《了不起的盖茨比》	菲茨杰拉德 著，徐之野 译
006	《为你，耶路撒冷》	拉莱·科林斯、多米尼克·拉皮埃尔 著，晏可佳、晏子慧、姚蓓琴 译
007	《街角的奇迹》	肯尼迪·欧戴德、杰茜卡·波斯纳 著，王楠 译
008	《你杀不死一只老狐狸》	大卫·豪沃思 著，静恩英 译
009	《个人的体验》	大江健三郎 著，王中忱 译
010	《树上的时光》	韩奈德 著，鲁梦珏 译
011	《彼得•潘》	詹姆斯·巴里 著，黄意然 译
012	《长腿叔叔》	简·韦伯斯特 著，黄意然 译
013	《津轻》	太宰治 著，吴季伦 译
014	《小说灯笼》	太宰治 著，陈系美 译
015	《小丑之花》	太宰治 著，刘子倩 译
016	《长夜漫漫路迢迢》	尤金·奥尼尔 著，乔志高 译
017	《夜莺书店》	维罗妮卡·亨利 著，王思宁 译
018	《简•爱》	夏洛特·勃朗特 著，陈锦慧 译
019	《乱时候，穷时候》	姜淑梅 著
020	《野性的呼唤》	杰克·伦敦 著，杨耐冬 译
021	《寻找更明亮的天空》	古尔瓦力·帕萨雷、娜德纳·古力 著，吴超 译
022	《荒野求生手册》	贝尔·格里尔斯 著，李璞良 译
023	《善心女神》	乔纳森·利特尔 著，蔡孟贞 译
024	《越过一山，又是一山》	特雷西·基德尔 著，钱基莲 译
025	《寂静的春天》	蕾切尔·卡森 著，黄中宪 译
026	《超越人类》	伊芙·赫洛尔德 著，欧阳昱 译
027	《无人岛生存十六人》	须川邦彦 著，陈娴若 译
028	《圣诞女孩》	马特·海格 著，鲁梦珏 译
029	《伤心咖啡馆之歌》	卡森·麦卡勒斯 著，赵丕慧 译
030	《心是孤独的猎手》	卡森·麦卡勒斯 著，赵文伟 译
031	《权力之路》	罗伯特·A.卡洛 著，何雨珈 译
032	《海的那一边》	梅丽莎·弗莱明 著，小庄 译
033	《了不起的身体重启术》	崎田美菜 著，田中千哉 监制，单元皓 译
034	《宅人瑜伽》	崎田美菜 著，福永伴子 监制，单元皓 译
035	《夜行》	森见登美彦 著，单元皓 译
036	《不抓狂人生指南》	艾米丽·雷诺兹 著，何雨珈 译
037	《荒野之狼》	赫尔曼·黑塞 著，阙旭玲 译